하북팽가
검술천재

# 하북팽가 검술천재 28

2024년 5월 21일 초판 1쇄 인쇄
2024년 5월 24일 초판 1쇄 발행

**지은이** 이도훈
**발행인** 김관영

**기획** 박경무 강민구 임동관 조익현 최시준 신정윤
**책임편집** 주현진
**마케팅지원** 유형일 장민정

**발행처** (주)로크미디어
**출판등록** 2003년 3월 24일
**주소** 서울시 마포구 마포대로 45 일진빌딩 6층
**Tel** (02)3273-5135 **Fax** (02)3273-5134
**홈페이지** rokmedia.com **E-mail** rokmedia@empas.com

© 이도훈, 2022

값 9,000원

ISBN 979-11-408-2508-0 (28권)
ISBN 979-11-354-7650-1 04810 (세트)

ROK
MEDIA
로크미디어

이도훈 신무협 장편소설

하북팽가
검술천재

28

# 차례

# 대국을 시작합니다

바둑판 위의 돌을 본 무영이 미간을 좁혔다.

"바둑판에 돌을 올려놓고 바둑을 두지 않겠다고?"

"네, 그렇습니다."

"당연히 대국을 하자는 게 아닌가?"

"어르신이 좋아하는 게 바둑이라서 일단 바둑판을 들고 왔을 뿐입니다."

"바둑판이라……. 그런데 내가 바둑을 좋아한다는 건 어떻게 알았는가?"

무영이 다시 의심의 눈초리로 한빈을 바라봤다.

무영을 처음 봤다면 한빈은 당황했을 것이 분명했다.

하지만 한빈은 심상 수련 속에서 그와 백 일 동안 머리를 맞대고 있었다.

한빈은 그의 버릇과 생각까지 꿰뚫고 있었다.

자연스럽게 입가에 호선을 그린 한빈이 무영의 손을 가리켰다.

"어르신의 검지를 보고 알았습니다."

"내 검지를 보고 알았다고? 도저히 이해가 안 되는군……."

무영이 자신의 검지를 보고 고개를 갸웃했다.

사실 나머지는 붕대로 감싸고 검지 하나만 내놓은 상태였다.

한참 동안 자신의 손가락을 보던 무영이 눈매를 좁혔다.

"지금 나를 놀리는 건가?"

"제가 왜 어르신을 놀립니까?"

"지금 손가락이 하나밖에 없다고 놀리는 게 아니고 뭔가?"

무영은 자신의 검지를 들어 올렸다.

붕대로 칭칭 감은 주먹에 검지 하나만이 우뚝 서 있는 모습은 누가 봐도 안타까웠다.

강호인이 보기에 손가락이 하나밖에 없다는 것은 비극이었다.

그때였다.

주변이 웅성대기 시작했다.

누군가가 무영을 바라보며 속삭였다.

"손가락이 하나밖에 없는 소림의 승려라면……."

"헉, 그렇다면 저 땡중, 아니 승려가 일지대사?"

그들의 말은 사실이었다.

일반 강호인이 손가락이 하나라면 비극이었다.

하지만 일지대사라면 달랐다.

그들이 말하는 일지대사는 무림삼존을 넘어 일존이라 불리는 인물이니 말이다.

웅성거림은 점점 커져 갔다.

"그렇지! 손가락이 하나밖에 없는 소림의 무승은 일지대사밖에 없다고 들었어."

"설마……."

"자세히 보라고, 분명히 손가락이 하나야."

처음에 안타까운 눈으로 무영의 손가락을 보던 그들은 이제는 경외감 어린 표정을 하고 있었다.

소란은 점점 커져 주변으로 퍼져 나갔다.

그들은 하나같이 하나의 단어를 외치고 있었다.

바로 '일지'라는 말이었다.

옆에서 지켜보던 악필승이 눈에 힘을 주며 고개를 끄덕였다.

악필승은 저 손가락 하나 때문에 일지대사인 줄 알고 무영을 모시고 왔었다.

저 손가락만 아니었다면 소림사 아래에서 진작에 도망쳤

을 것이었다.

물론 악필승을 제외한 모두는 눈을 동그랗게 뜬 채 호기심으로 눈을 빛냈다.

이를 지켜보던 무당파의 수운도 당황하기는 마찬가지였다.

수운은 다른 이들처럼 땡중과 하북팽가의 사 공자를 약장수라 생각했다.

그런데 갑자기 일지대사라는 이름이 나오자 어안이 벙벙해진 것이다.

수운의 눈빛이 아무도 모르게 바뀌었다.

그는 재빨리 뒤쪽을 보며 신호했다.

동시에 수운의 사제가 죽간을 가지고 온다.

수운은 죽간을 받아 들고 재빨리 글자를 새기기 시작했다.

내용은 간단했다.

소림의 일지대사가 해검지에 도착했다는 내용이었다.

하지만 그 죽간을 사제에게 전달하지는 않았다.

조금 더 확인해야 할 부분이 남아 있기 때문이었다.

수운은 죽간을 말아서 쥔 채 상황을 보며 사부의 말을 떠올렸다.

소림에서 사람이 오면 반드시 보고하라는 말.

이번에 소림은 구파일방 중 유일하게 영웅 대회에 참석하지 않은 문파였다.

참석하지 않겠다고 통보했으니 소림에서 방문할 리가 없어, 그 지시를 까마득하게 잊고 있었다.

그런데 소림에서 방문하는 것도 모자라 무림삼존 중 일존이라는 일지대사가 왔다니, 반드시 보고해야 하는 상황이었다.

그런데 눈앞에 있는 늙은 중이 진짜로 일지대사일까?

이 의심 때문에 수운은 보고용 죽간을 사제에게 넘기지 못하고 있었다.

수운은 조용히 늙은 중을 바라봤다.

아까는 분명히 무영이라고 했다.

또한, 외모로 봐서도 일지대사라는 생각이 들지 않았다.

그도 그럴 것이, 일지대사는 무당파의 장문인인 태극검제와 비슷한 연배였다.

"흠."

수운은 자신도 모르게 깊은 한숨을 내쉬었다.

일지대사의 얼굴을 알고 있으면 좋으련만, 무당파의 제자 중 일지대사를 직접 본 이는 아무도 없었다.

그 상황에서 일지대사처럼 손가락을 하나만 내놓고 있으니 판단이 안 서는 것이다.

정보가 쌓이면 쌓일수록 상대가 명확하게 보여야 한다.

하지만 지금은 정보의 부조화가 그의 머리를 어지럽게 만들었다.

물론 한빈과 무영의 대화에 집중하고 있는 것은 수운뿐이 아니었다.

조금 전까지 무당파와 대치하고 있던 해남파도 지금의 상황을 주시하고 있었다.

일지대사가 누구던가?

무림삼존 중에도 일존이라 불리며 추앙받는 존재지만, 강호에 모습을 드러내지 않고 소림사의 깊은 곳에 틀어박혀 수련만 하는 무승이었다.

일지대사를 이곳에서 본다는 것 자체가 가문의 영광이자 자랑이었다.

해남으로 돌아가서 친우들에게 자랑하고 다녀도 될 정도의 사건이란 말이었다.

모두가 한빈과 무영을 바라보고 있을 때, 한빈이 말을 이었다.

"제발 아픈 척하지 마십시오."

"그게 무슨 말인가?"

"손은 멀쩡하지 않습니까?"

"내 손이 멀쩡한지는 어떻게 알았지?"

"지금부터 설명하겠습니다. 제 말이 타당하다면 내기에서 삼 초를 양보하시지요."

"삼 초라……."

"혹시 힘드시겠다고 하시는 건 아니겠죠?"

"타당하다면 기꺼이 삼 초를 양보하지."

"그럼 지금부터 말씀드리겠습니다. 어르신의 검지 위의 손톱을 보면 검게 변해 있습니다."

"그래, 손톱이 검게 변했지. 그런데 그게 무슨 상관인가?"

"손톱이 검게 변한 부분은 바둑알을 올려놓았을 때 겹치는 부분과 일치합니다. 예를 들어서 이렇게요."

한빈이 검은 돌을 잡고 바둑판 위에 바둑알을 놓는 시늉을 했다.

그 모습에 구경꾼들이 고개를 갸웃했다.

한빈이 바둑알을 놓는 모습은 평범한 국수들과 다를 바 없었다.

한빈의 손 모양은 간단했다.

검지 위에 돌을 올려놓고 중지로 포갠다.

그러고는 바둑판에 정확하게 돌을 놓는다.

너무도 정석적인 바둑을 두는 방법이었다.

무영이 고개를 갸웃했다.

"무엇을 말하려는 건지 알 수가 없군."

"네, 보통 사람 같으면 손톱이 검게 변할 리가 없죠. 하지만 어르신의 경우는 다릅니다."

"뭐가 다르다는 것인가?"

"바둑돌을 쥘 때마다 내공을 사용하시는 버릇이 있으신 것 같군요. 손톱이 변색될 정도로 말입니다."

"오호."

"그 정도로 쥐려면 다른 손가락도 멀쩡해야 하는 것이 정상 아니겠습니까?"

한빈의 말에 구경꾼들도 반응했다.

"저자의 말이 맞아. 나도 이렇게 돌을 쥐지."

"그렇다고 손톱이 변하나?"

"내 손톱도 이렇게 변했는데 뭘 의심하나."

구경꾼 중 하나가 손톱을 들어 보였다.

그의 손톱은 진짜로 검게 변해 있었다.

구경꾼은 말을 이었다.

"이렇게 쥐고 탁 소리가 나게 돌을 놓다 보면 손톱이 검게 변하기 마련이지."

말을 마친 구경꾼은 바닥에 떨어진 조그만 돌을 잡고 바둑을 두는 시늉을 했다.

검지 위에 두고 중지로 누른 후.

바닥을 향해 소리가 나도록 돌을 놓았다.

탁.

청량한 소리에 구경꾼들의 눈이 커졌다.

구경꾼도 내공을 쓴 것이다.

손가락 끝에 내공을 흘리는 수법은 절정 이상의 고수여야 가능했다.

아무렇지 않게 앉아 있는 그들이지만, 구경꾼 한 명 한 명이 문파를 대표하는 고수들.

그 구경꾼은 씩 웃으며 마저 말을 이었다.

"이런 소리를 내려면 내공을 담아야 하지. 그런데 이게 반복되면 말이야."

그는 말을 멈추고 다시 한번 자신의 손톱을 들었다.

검게 변한 손톱의 모습에 몇몇 다른 구경꾼이 고개를 끄덕였다.

주변의 구경꾼들은 신기하다는 듯 바닥에 떨어진 돌을 잡아 바둑돌을 쥐는 시늉을 했다.

몇 번을 시도해 보더니 모두 이해가 된다는 듯 고개를 끄덕였다.

손톱이 검게 변한 구경꾼의 말이 일리가 있기 때문이었다.

그들은 다시 한빈과 무영의 대화에 몰입한 듯 눈을 반짝였다.

모두의 시선이 대막의 태양보다 뜨거워질 때 무영이 웃음을 흘렸다.

"허허, 여우의 머리에 뱀의 혀를 지녔군. 이건 꿈속의 그놈과 비슷해."

"꿈속의 그놈이라니, 그게 누구입니까?"

"몰라도 되네, 하하."

한참을 웃던 무영은 손을 칭칭 감은 붕대를 풀었다.

볼썽사납게 검게 변한 붕대가 흘러내리자 멀쩡한 그의 손가락이 모습을 드러냈다.

모두가 눈을 크게 떴다.

손이 모두 멀쩡하다는 것은 그가 일지대사가 아니라는 말과 같았다.

일지대사가 '일지'라는 별호로 불리는 이유는 손가락이 하나이기 때문이었다.

물론 일지대사의 손가락을 직접 본 이는 없었다.

입에서 입을 타고 일지대사의 손가락이 하나라는 사실이 퍼졌던 것.

또한 각파의 장문인들이 그렇게 말하니 그렇다고 믿을 뿐이었다.

그런데 흘러내린 붕대 속 멀쩡한 손가락은 일지대사일 것이라는 마지막 증거까지 무참히 박살 냈다.

방금 한빈이 밝혔던 추리에 감탄하고 있던 사람들은 이제 실망한 눈빛으로 하늘을 바라봤다.

오직 무당파의 수운만은 정신없이 죽간을 도로 펴고 있었다.

그는 방금 일지대사에 대해서 적었던 부분을 가차 없이 떼어 냈다.

그러고는 다시 죽간을 말아서 품 안에 넣었다.

수운의 눈에는 한빈과 무영, 둘 다 사기꾼으로 보였다.

어이없다는 눈으로 한빈과 무영을 바라보던 수운이 자리에서 일어났다.

이제는 어설픈 그들의 무대를 끝낼 때가 온 것이었다.

천천히 그들 쪽으로 걸어가던 수운은 잠시 발걸음을 멈췄다.

무영과 마주 보고 있던 한빈이 자리에서 일어났기 때문이었다.

수운이 멀뚱히 그들을 바라보고 있을 때 한빈은 자리에서 일어나 말을 이었다.

"그럼 삼 초를 양보하시겠습니까?"

"하하, 그리하지. 그런데 그런다고 날 이길 수 있을까? 이렇게 바둑으로 내기를 제안하는 것을 보면 꿈속의 그놈은 분명 아니야……. 그놈이라면 이런 내기를 제안할 리가 없거든."

무영은 재미있다는 듯 한빈을 바라봤다.

시선을 마주한 한빈은 조용히 고개를 숙였다.

한빈의 시선이 향한 곳은 바로 바둑돌이 있는 곳이었다.

한빈은 흑돌을 잡고는 말했다.

"이 흑돌로 말할 것 같으면 서역에서도 귀하디귀하다는 현철로 만든 돌입니다. 이제부터 대국을 시작하겠습니다."

말을 마친 한빈은 중앙에 나란히 세 점을 두었다.

무영이 헛웃음을 터뜨렸다.

"자네는 바둑을 이런 식으로 두나? 이렇게 두면 세 수를 양보해도 날 이길 가능성은 조금도 없네."

말을 마친 무영이 귀퉁이에 한 수를 두었다.

탁.

잔잔한 소리가 바둑판 위에서 울리자, 한빈이 다시 말을
이었다.

"제가 언제 바둑이라고 했습니까? 여기에 모인 모두에게
물어보십시오. 이 대국을 시작하기 전에 저는 분명히 바둑이
아니라고 했습니다."

한빈은 고개를 돌려 주변 사람들을 바라봤다.

시선이 마주친 이들은 반사적으로 고개를 끄덕였다.

"나도 들었네. 분명히 바둑은 아니라고 했어."

"그런데 대국을 시작하겠다고 하지 않았나?"

"뭐, 바둑판에서 이루어지는 놀이면 다 대국이라고 할 수
있지 않은가?"

"근데 바둑판에서 무슨 놀이를 한단 말인가?"

"그야…… 나도 모르지."

그들이 웅성거리고 있을 때 한빈이 다시 말을 이었다.

"저분들의 말이 맞습니다. 바둑판에서 바둑만 두라는 법이
어디 있습니까?"

"그렇다면……."

"오목입니다, 어르신."

무영은 순간 굳었다.

잠깐의 정적이 바둑판을 두고 오갔다.

구경하던 강호인들도 석상이 된 무영과 입가에 미소를 짓고 있는 한빈을 뚫어지라 바라봤다.

그들이 놀란 것은 귀에 거슬리는 단어 하나였다.

그때 구경하던 강호인 중 하나가 고개를 갸웃하며 혼잣말을 뱉었다.

"지금 뭐라고 한 거야? 바둑이 아니었다고?"

그는 조금 전까지 바둑 두는 시늉을 하던 이였다.

그때 그를 아는 다른 강호인이 어깨를 으쓱했다.

"오목이라는데!"

"아니, 바둑판에서 왜 오목을 둬?"

바둑을 제법 두는 듯 보이는 강호인은 벌컥 화를 냈다.

그는 지금 무영의 감정을 그대로 느끼고 있었다.

지금 상황은 한마디로 말이 되지 않았다.

바둑판과 바둑돌을 내밀고 오목이라니!

그때 다른 강호인이 말했다.

"그럼 자네는 오목을 어디서 두나? 혹시 장기판에서 두나?"

"허……."

탄식을 뱉어 내는 그가 할 수 없다는 듯 고개를 끄덕였다.

"허허, 생각해 보니 말이 되긴 하네."

"그런데 저리되면 어떻게 되는 건가? 자네는 제법 바둑을 두니 오목도 잘 알 게 아닌가?"

상대가 무영과 한빈 사이에 있는 바둑판을 가리켰다.

바둑을 제법 두는 듯한 강호인이 말을 이었다.

"아직 초반이라……."

그는 재빨리 말을 거두어야 했다.

이건 바둑이 아니라 오목이기 때문이다.

바둑과는 달리 승부는 눈 깜짝할 사이에 끝날 수 있었다.

다시 바둑판을 바라보던 그는 눈을 크게 떴다.

이건 승부를 예측할 필요도 없었다.

이미 바둑, 아니 오목의 승부는 나 있는 상태였다.

늙은 땡중이 세 점을 나란히 놓은 상대를 막지 않고 평범한 대국을 시작하듯 귀퉁이에 돌을 놓았으니 말이다.

이를 알아챈 다른 구경꾼들도 웅성대기 시작했다.

구경꾼들이 웅성대고 있을 때 한빈이 검은 돌을 바둑판에 올렸다.

딱.

순간 무영의 표정이 굳었다.

유난히 귀에 거슬리는 소리였다.

물론 소리가 중요한 것은 아니었다.

바둑판 위에 올린 하나의 돌 때문이다.

세 개의 흑돌 옆에 하나의 흑돌이 태연하게 붙어 있었다.

이제 네 개의 돌이 보기 좋게 선을 그린 상황이었다.

상황을 보고 있던 무영의 눈빛이 살짝 떨렸다.

이게 오목이라면 내기에서 진 것이다.

살짝 떨리던 눈빛이 한 단계 더 흔들리기 시작했다. 누가 봐도 당황한 표정이었다.

그가 내기에서 져 본 적이 얼마나 있을까?

무영은 곰곰이 자신이 졌던 내기를 떠올려 봤다.

그것도 잠시, 무영은 고개를 내저었다.

자신이 져 본 내기가 떠오르지 않았다.

그는 소림의 승려치고는 욕심이 있었다.

다른 승려들이 보기에 무영은 내기와 음식에 집착하는 편이었기 때문이다.

오죽하면 소림의 승려들이 세속에 물들까 두려워 무영을 피하겠는가?

하지만 그는 제자를 무림삼존으로 만들 만큼 걸출한 능력을 지니고 있었다.

제자와의 내기에서도 한 번도 진 적이 없는 그가 지금 처음으로 패배를 맛보았다.

사실 지금 상황은 지나가는 내기에 불과했다.

하지만 여기서 중요한 점은 무영이 패배에 대한 대비가 안 되었다는 점이었다.

패배라는 말을 듣는 것은 죽기보다 싫었다.


그가 패배를 이토록 싫어하게 된 연유는 오십 년 전으로 거슬러 올라간다.

그는 오십 년 전에 우연히 무아지경에 빠진 적이 있었다.

그 무아지경 속에서 절대자 한 명을 만났다.

무영은 꿈속에서 절대자와 백 일의 시간을 보내며 수많은 비무를 펼쳤다.

하지만 그의 옷깃조차 스치지 못했다.

그는 깨어난 후 무아지경에서 봤던 절대자를 찾아 헤맸었다.

자신에게 깨달음의 기연을 준 이들에게 인사할 틈도 없이 길을 떠난 것이다.

개방의 도움을 받아 절대자를 찾았지만, 그는 현실에서는 존재하지 않는 인물로 확인되었다.

물론 무아지경에서 얻은 깨달음이 헛되었던 것은 아니었다.

무아지경 속에서 앞으로는 절대로 지지 않겠다는 신념을 얻게 되었으니까.

그 깨달음을 기본으로 하고 오십 년 가까이 면벽 수련에 전념했다.

사실 벽만 바라본 것은 아니었다.

벽을 바라보며 걸출한 제자도 길러 냈으며, 비동을 찾아오는 소림의 승려들에게 깨달음도 나누어 주었다.

물론 공짜는 아니었다.

술과 안주를 승려들로부터 받았다.

이것은 소림사의 몇몇 승려들만 아는 비밀이었다.


사실, 이번에 비동을 빠져나온 것은 자신의 깨달음이 완성되었기 때문이다.

지략에 있어서나 무공에 있어서나 무아지경에서 마주 봤던 절대자에게 지지 않을 자신이 있었다.

그런데 무아지경에서 봤던 절대자도 아닌, 평범한 무림인과의 내기에서 진 것이다.

순간 무영은 허탈한 눈빛으로 자신의 손을 바라봤다.

자신은 절대자를 이길 무공을 손에 넣었다.

그런데 절대자를 만나기도 전에 머리에 피도 안 마른 녀석에게 지다니.

그의 손안에 놓인 백돌이 파르르 떨렸다.

그와 동시에 무영의 눈이 빛났다.

힘이 있으면 판을 뒤집을 수도 있는 법이었다.

무영은 목소리에 힘을 담아 외쳤다.

"왜 오목이라고 말하지 않았나! 오목인 줄 알았으면 내가 귀퉁이에 돌을 두었겠나?"

"제가 말했는데도 어르신이 먼저 두셨습니다."

"그게 말이 된다고 생각하나?"

"말이 됩니다. 다른 이들에게 물어보죠."

말을 마친 한빈이 고개를 돌렸다.

그곳에는 이 무대를 끝내겠다고 걸어오던 무당파의 수운이 있었다.

수운은 그들을 쫓아내기 위해 오고 있었다.

그런데 갑자기 시선이 자신에게 날아오자 당황할 수밖에 없었다.

시선을 받은 수운은 본능적으로 걸음을 멈췄다.

이것은 무당파에서 수련해 오면서 느꼈던 무림인의 본능이었다.

그 본능이 수운에게 일단 자리를 벗어나라 외치고 있었다.

수운이 막 고개를 돌리려는 순간이었다.

젊은이의 목소리가 수운의 귀에 꽂혔다.

"도인은 어떻게 생각하십니까?"

"……."

수운은 답할 수 없었다.

그들을 쫓아내기 위해서 다가가고 있었는데, 갑자기 물어보자 할 말을 잃은 것이다.

수운은 입을 막고 헛기침했다.

그 모습에 구경하던 강호인들이 웅성대기 시작했다.

"그러고 보니 무당파의 도인이 판정을 내려 주면 되겠네."

"판정은 무슨 판정! 누가 봐도 저 젊은이의 말이 맞지 않는가?"

"그게 무슨 말인가?"

"나는 저 젊은이가 바둑을 두려는 것이 아니라고 하는 소리를 분명히 들었네."

"하긴, 그건 그렇지."

주변 사람들이 떠들어 대자 수운은 미간을 좁혔다.

그들을 쫓아내려고 하다가 졸지에 내기의 진행자가 될 형편이었다.

수운은 헛기침을 뱉었다.

"흠, 내가 나설 일은 아닌 것 같네……."

말끝을 흐리면서 주변을 바라보던 수운은 심상치 않은 분위기를 느꼈다.

수운은 잠시 말을 멈추고 귀를 열었다.

그들의 대화를 듣던 수운이 미간을 좁혔다.

잔뜩 기대하면서 상황을 지켜보던 구경꾼들이 헛웃음을 터뜨리기 시작한 것이다.

수운은 그것이 비웃음이라는 것을 알고 있었다.

해검지를 엄격히 통제하면서 무인들을 닦달하던 수운이었다.

그런데 내기의 판정을 요구받았다고 머뭇거리다니, 스스로도 납득할 수 없었다.

물론 언제까지 입을 다물고 있을 수는 없는 법이었다.

결심한 수운이 입을 열었다.

"저 젊은이의 말이 맞습니다. 그의 말대로 내기를 시작하기 전 분명히 바둑을 두는 것이 아니라고 밝혔습니다."

수운의 말에 한빈이 다시 물었다.

"그렇다면 이번 내기는 내가 이긴 게 맞지요?"

"흠."

수운이 헛기침하며 주변을 바라봤다.

정말 묘한 상황이었다.

아무것도 아닌 일에 자신이 대답을 주저하고 있다는 것이 이해가 되지 않았다.

하지만 이것은 본능이었다.

지금 말 한마디가 천 냥 빚이 될 것만 같았기 때문이다.

그때 늙은 중, 즉 무영이 말을 이었다.

"비무나 내기나 삼세판이 기본이 아닌가? 말해 보게."

"흠, 생사결이 아니라 초식을 겨루는 비무라면 한 번으로 끝내기에는 조금 아쉽긴 합니다. 하지만 상대의 의견이 중요한 것이 아니겠습니까?"

수운은 자신도 모르게 진지하게 답했다.

그의 말에 구경하는 강호인들도 환호성을 질렀다.

"삼세판이 기본이긴 하지."

"이건 늙은이 말이 맞네."

그들의 머릿속에 한빈과 무영의 이름 따위는 없었다.

무영이 말한 소림이란 문파도.

한빈이 말한 하북팽가란 가문도 그들의 머릿속에는 지워
진 지 오래였다.

그들의 머릿속에는 두 명의 내기꾼만 존재할 뿐이었다.

내기를 하는 젊은이와 늙은이 말이다.

그들이 부르는 호칭에 한빈이나 무영 둘 다 기분 나빠하지
는 않았다.

지금 중요한 것은 승부니 말이다.

한빈이 피식 웃으며 말을 이었다.

"들으셨죠? 어르신."

"듣긴 들었는데, 삼세판이 기본이란 말도 들었네."

"흠, 그럼 제가 선심 한번 쓰겠습니다."

"오호."

"대신!"

한빈이 손바닥을 보이자 무영이 미간을 좁혔다.

"또 무슨 말을 하려고 하는 건가?"

"별거 아닙니다. 이번에도 지면 어떻게 하시겠습니까?"

"내가 자네의 제자가 되지."

"제 제자가 된다고요?"

"그래, 내가 자네의 제자가 되지."

"그건 제가 사양합니다."

"그런 원하는 게 뭔가?"

"제 부탁 하나를 더 추가하지요. 그 약속은 문파보다 우선

시되어야 합니다."

"흠."

살짝 망설이는 무영의 모습에 한빈이 뒤로 한 발 물러났다.

"싫으면 관두시지요."

"누가 싫다고 했는가? 한번 해 보세. 대신 이번 판은 내가 선택하겠네."

"마음대로 하시지요. 대신 그 판에서 벌어질 종목은 제가 정하겠습니다."

"마음대로 하게."

무영이 눈을 빛내자 한빈이 고개를 끄덕였다.

"그럼 어떤 판을 준비할까요? 어르신."

"이번에는 장기로 하세나."

"장기라……."

한빈이 말끝을 흐리며 뒤를 바라봤다.

그곳에는 아무도 없었다.

아무도 없는 허공을 바라보는 모습은 마치 이 대결을 피하는 것처럼 보이기도 했다.

무영이 희미하게 웃었다.

"자신이 없는가?"

무영의 표정을 관찰한 이가 있었다면, 허물어졌던 무영의 자존심이 살짝 회복되었다고 확신할 정도로 웃고 있었다.

한빈은 대답 대신에 손가락을 튕겼다.

딱!

그 소리에 설화가 어디선가 보따리를 들고 달려왔다.

어디서 나타났는지 알 수 없을 정도의 속도였지만, 구경꾼들은 설화의 경공술에 아무 관심도 없었다.

오직 무당파의 수운만이 눈을 비비고 있을 뿐이었다.

대화를 들어 봐서는 일개 시녀에 불과했다.

수운은 주위를 둘러봤다.

사제들의 표정을 확인하기 위함이었다.

사제들은 아무렇지 않게 황당한 내기를 구경하고 있었다.

그 모습에 수운은 고개를 갸웃했다.

일개 시녀가 저 정도의 경공술을 펼쳤으면 놀라는 것이 당연했다.

그런데 그의 사제들은 아무렇지 않게 앞을 바라보고 있었다.

즉, 백색 무복의 시녀의 속도를 사제들의 눈이 따라가지 못했다는 것이다.

수운은 다시 죽간을 품에서 꺼냈다.

그는 재빨리 죽간에 지금의 상황을 적기 시작했다.

일개 시녀가 저 정도의 경공을 펼칠 수 있다면?

눈앞에 있는 두 인물이 약장수가 아닐 수도 있다는 뜻.

생각한 것보다 훨씬 더 중요한 인물일 수 있었다.

늙은 땡중이 소림에서 왔다는 것도 사실일지도 몰랐다.

수운은 죽간에 다시 소림이란 글자를 추가로 새겼다.

글자를 새긴 수운은 사제에게 죽간의 일부를 던졌다.

그러고는 남은 죽간을 다시 품속에 넣었다.

사제가 산문을 넘어 무당산의 정상으로 향하자, 수운은 다시 그들을 지켜봤다.

모두의 시선이 한곳에 모이자 설화가 기다렸다는 듯 보따리를 풀었다. 이번에는 무영이 말했던 대로 장기판이었다.

무영이 미소 지었다.

장기판 위에서는 오목을 둘 수 없는 법.

아무리 용을 쓴다고 해도 장기 이외에 할 수 있는 내기는 없었다.

장기짝을 깔던 무영이 고개를 갸웃했다.

입가에 묘한 미소를 띤 한빈을 보았기 때문이다.

그런데 그 미소가 낯이 익었다.

어디서 보았을까?

고개를 갸웃하던 무영의 눈이 커졌다.

바로 꿈속에서 본 그 미소였기 때문이다.

제자로 삼고 싶었던 젊은 친구의 미소.

그 미소를 떠올리던 무영은 자신도 모르게 입을 벌렸다.

지금 생각해 보니 그 미소는 오십 년 전 무아지경에서 봤던 절대자의 미소와 쏙 빼닮아 있었다.

그때 무아지경 속에서 지낸 기간이 백 일, 얼마 전 꾼 꿈속
에서도 기간이 백 일이었다.

무영은 재빨리 표정을 수습하고 상대를 바라봤다.

꿈에서는 몰랐는데 자세히 보니 오십 년 전 봤던 그 절대
자의 턱선과 입꼬리 그리고 눈매까지 모든 게 비슷했다.

나이 차이만 있을 뿐, 얼굴은 그야말로 판박이였다.

오십 년 전 무아지경의 순간 보았던 절대자와, 지금 눈앞
에 있는 젊은이가 동일 인물일까?

아마도 아닐 것이 분명했다.

기세와 외모에서 느껴지는 연륜이 모두 달랐으니까.

하지만 비슷한 점도 있었다.

묘하게 치밀하다는 점이었다.

오십 년 전에도 그와 백 일 동안 내기를 했었다.

그 당시에 내기를 제안한 쪽은 상대편이었다.

오십 년 전에 봤던 절대자와 며칠 전에 꾼 꿈에서 등장했
던 사내 그리고 지금 눈앞에 있는 하북팽가의 막내…….

생각을 이어 나가던 무영이 고개를 흔들었다.

상념을 떨치기 위함이었다.

그들 사이에 어떤 관계가 있는지는 몰라도, 지금은 내기에
서 이기는 것이 먼저였다.

그때 상대의 목소리가 무영의 귓가에 박혔다.

"제가 먼저 시작하는 것이 맞겠죠?"

정신이 번쩍 든 무영이 재빨리 표정을 숨겼다.

"자네가 먼저 둬야 이치에 맞지 않겠는가?"

"그럼 제가 먼저 시작하겠습니다. 그런데 죄송해서 어쩌지요?"

"그게 무슨 말인가?"

"이 판도 싱겁게 끝날 것 같아서 말입니다."

"허허, 자만심이 하늘을 찌르는군. 오늘의 내기로 하늘 위에 하늘이 있다는 걸 알게 될 것일세. 자네는 장기짝이 몇 개인지 아나?"

"그야, 서른두 개 아닙니까?"

"아닐세. 서른네 개일세."

말을 마친 무영이 희미하게 미소를 지었다.

한빈이 아무 말 없자 무영은 만족한 표정으로 다시 말을 이었다.

"장기를 두는 사람까지 합쳐서 말이네. 장기짝 중 가장 큰 것이 궁이라 사람들은 말하지만, 실제로 가장 큰 것은 바로 장기를 두는 사람일세."

의미심장한 그의 말에 한빈이 아무렇지 않게 고개를 끄덕였다.

아마도 처음 들었다면 곱씹었을 수도 있을 만큼 좋은 이야기였다.

하지만 한빈은 심상 수련 속에서 귀가 닳도록 저 이야기를 들었다.

심상 수련 속의 무영과 현실의 무영이 같은 인물이라는 것은 이미 확신하는 한빈이었다.

그와 백 일 동안 생활하면서 바둑만 두었겠는가?

장기도 질릴 정도로 두었다.

지금 한 말은 그가 항상 하던 말이었다.

여기서 조금 더 나아가면 장기짝 중 가장 중요한 말은 바로 두는 이의 마음이라고 할 것이다.

사실 장기에 있어서 한빈이 할 말은 없었다.

둘 때마다 졌으니 말이다.

물론 지금은 상황이 달랐다.

한빈은 조용히 어딘가를 바라봤다.

바로 용린검법의 초식이 적혀 있는 허공이었다.

물끄러미 허공을 보는 한빈의 모습에 다시 주변이 웅성거리기 시작했다.

"지금 저게 뭐 하는 건가?"

"그러게 말일세."

"하긴, 이제는 꼼수를 부릴 수가 없겠지. 바둑판이 아니니 오목을 두자고 할 수도 없는 일이고 말일세."

"그래서, 자네는 누가 이길 것 같나?"

"나는 늙은 땡중이 이길 것 같네. 자네는 젊은이에게 걸 텐가?"

"에이, 누가 봐도 땡중이 이기는 판이지. 청색 장기짝을 잡아서 선수를 둔다고 해도, 실력의 차라는 건 그리 쉽게 극복하지 못한다네."

그들이 웅성대고 있을 때였다.

누군가 수운의 옆에 섰다.

"도인은 누가 이길 것 같습니까?"

갑작스러운 목소리에 놀란 수운이 재빨리 고개를 돌리며 한 발 옆으로 비켜섰다.

수운은 상대를 보며 미간을 한껏 좁혔다.

그는 다름 아닌 해남파의 대제자였다.

조금 전까지 핏대를 세우며 일촉즉발의 위기를 만들었던 그가 지금 옆으로 다가와 물으니 수운은 어이가 없었다.

대답은 해야 했기에 수운은 억지웃음을 지었다.

"누가 이기든 그게 무슨 상관이겠소. 그보다 신성한 무당산의 초입에서 저런 짓을 한다는 것이 문제 아니겠소?"

"그런데 도인은 왜 안 말리십니까?"

"그야……."

수운이 대화를 멈추고 고개를 돌렸다.

자신이 왜 내기를 하는 둘을 지켜보는지 알지 못해서였다.

수운은 자신에게 왜 그들을 안 말리고 있는지를 자문해야 했다.

그의 시선이 머문 곳에서는 허공을 바라보는 젊은이가 있었다.

그 모습만 본다면 무당파의 어떤 도인보다도 현기가 넘쳐 흘렀다.

지금의 분위기를 보자 수운은 왜 자신이 그들을 안 말리는지를 알 것 같았다.

수운은 진심으로 그들의 정체가 궁금했다.

거기에 더해 이 내기의 결과가 어찌 될지도 의문이었다.

수운은 고개를 돌려 다른 이들을 관찰했다.

내기를 바라보는 모든 강호인이 호기심에 눈을 빛내고 있다.

그들은 몰래 뒤쪽으로 전낭과 쪽지를 돌리고 있었다.

분명히 판돈을 거는 것이 분명했다.

지금 이곳에서는 두 개의 내기판이 벌어지고 있었다.

늙은 중과 젊은이가 하는 내기.

그들을 두고 벌이는 내기.

자세히 보니 젊은이의 시녀도 내기에 참가한 듯싶었다.

백색 무복을 입은 시녀는 과연 누구에게 돈을 걸었을까?

그때 다시 해남파의 대제자가 말을 걸어왔다.

"도인은 누가 이길 것 같습니까?"

이전과 같은 질문에 수운이 자신도 모르게 말했다.

"나는 붉은색 무복을 입고 있는 젊은이가 이길 것 같소."

말을 마친 수운의 눈이 커졌다.

자신이 그리 얘기했다는 것이 놀라웠기 때문이다.

그때였다.

해남파의 무인이 그들의 대제자를 찾아와 귓속말로 속삭였다.

"사형, 어느 곳에 걸겠습니까?"

"흠."

의미심장한 표정을 지은 해남파의 대제자는 그들의 사제에게 귓속말을 전했다.

마치 누구에게 건다는 것이 비밀인 듯 말이다.

그때 수운의 사제도 도착해서 은밀한 목소리로 물었다.

"사형, 저희도 걸어야 할 것 같습니다. 어느 쪽에 거는 것이 좋을 것 같습니까?"

"잠시만 기다리거라."

수운은 품속의 죽간을 꺼내 그곳에 글자를 새긴 후 사제에게 전낭을 건넸다.

그 모습에 해남파의 대제자가 웃었다.

"도력이 높으신 무당파의 도인도 내기를 좋아하시는군요."

"승부욕 없는 사람이 어디 있겠습니까?"

수운이 듬성듬성 난 수염을 매만졌다.

그때 장기를 두는 쪽에서 비명이 흘러나왔다.

"헉, 이게 무슨 짓인가?"

"제가 잘못한 것이라도……."

"지금 장기를 두지 않고 뭘 하는 건가?"

"제가 언제 장기를 둔다고 했습니까?"

"장기판에서 장기를 안 두면 뭘 하겠다는 말인가?"

"어르신은 어릴 적 기억이 나지 않으십니까?"

"갑자기 웬 어릴 적 기억인가?"

"저는 어릴 적 형님과 함께 장기판과 장기짝을 가지고 해가 저무는지도 모르고 놀았습니다."

"자네와 형은 장기를 좋아했구먼. 그런데 왜 그 얘기를 나한테 하는 건가?"

"장기를 둔 게 아니라, 알 까기를 하면서 놀았습니다."

"뭐라? 알 까기라고!"

무영이 화들짝 놀라 소리 질렀다.

그는 억울하다는 듯 쉴 새 없이 입술을 실룩이고 있었다.

한빈이 조용히 주변을 돌아보며 외쳤다.

"여기 계신 강호 동도 여러분 중 장기로 알 까기 한번 안 해 보신 분 있으면 손을 드십시오!"

제법 힘이 실려 있는 외침이었다.

구경하던 강호인들은 서로를 바라봤다.

말이 되느냐는 표정으로 바라보는 이들이 반.

나도 해 봤다는 듯 고개를 끄덕이는 강호인이 반이었다.

하지만 손을 드는 이는 아무도 없었다.

그들의 반응을 살핀 한빈이 말을 이었다.

"자, 그럼 알 까기를 시작하겠습니다."

"이런 천하에······."

무영은 말을 잇지 못했다.

한빈의 중지가 가장 큰 장기짝 중의 하나인 궁을 때렸기 때문이다.

딱!

그 소리가 마지막이 아니었다.

팅!

한빈이 때린 궁은 쏜살같이 장기판 위를 누비며 붉은색 장기짝을 판 위에서 밀어 냈다.

앞쪽의 졸을 밖으로 팅겨 내더니 이내 포 쪽으로 꺾어졌다.

그러더니 다시 방향을 졸로 바꾸었다.

반동을 이용해서 계속 움직이는 한빈의 궁은 속도를 늦추지 않았다.

팅, 팅.

계속해서 무영의 말들을 팅겨 내는 한빈의 궁.

누군가는 화살 하나로 열 마리의 새를 잡았다는 전설의 궁수가 재림했다고 외쳤다.

어떤 이는 연신 함성을 질러 댔다.

그들은 장기가 알 까기로 바뀌었다는 것은 신경도 쓰지 않았다.

오직 한빈의 알 까기 기술에 놀라 환호성을 지를 뿐이었다.

수운도 놀라기는 마찬가지였다.

그는 품속의 죽간을 어루만졌다.

추가할 문구가 마땅히 떠오르지 않았다.

저 정도면 암기의 달인이라 해도 되었다.

하북팽가라는 것은 거짓말이고 사천당가의 인물일 가능성이 더 컸다.

왜 정체를 숨긴 것일까?

의문도 잠시, 수운은 장기판 위를 누비는 청색 궁을 바라봤다.

수운은 눈앞에 펼쳐진 광경에 자신의 본분을 잠시 잊어야 했다.

기어이 청색 궁이 다른 말들을 거의 밀어 냈다.

모든 말을 밀어 낸 청색 궁이 마지막 남은 붉은색 말을 향해 달려들었다.

속도는 전보다 못했지만, 방향은 정확했다.

스르륵.

퉁!

청색 궁이 마지막 남은 붉은색 말인 적색 궁을 쳤다.

적색 궁이 살짝 밀리더니 장기판에 걸렸다.

수운은 그 순간을 유심히 봤다.

이대로라면 적색 궁이 떨어질 것은 뻔했다.

장기판에 걸쳐서 흔들리는 마지막 적색 장기짝.

모두는 숨을 죽이고 그 광경을 바라봤다.

수운은 고개를 갸웃했다.

분명히 적색 궁이 반 이상 나갔는데도 밖으로 떨어지지 않고 있었다.

한참을 보던 수운의 눈이 한계까지 커졌다.

지금 보고 있는 광경은 분명히 허공섭물이었다.

허공섭물의 수법으로 장기짝이 밖으로 떨어지지 않게 붙잡고 있는 것이 분명했다.

더 황당한 것은 그 은밀함이었다.

허공섭물이란 수법은 화경의 고수만이 펼칠 수 있었다.

내공을 밖으로 방출해서 그 내공으로 사물을 움직이는 것이 기본적인 방법이었다.

내공을 쏘아 내는 수법은 암기를 쏘아 내는 것처럼 일정한 방향성을 갖추게 된다.

그런 이유로 사물을 허공에서 끌어당기거나 미는 것보다 그냥 멈춘 상태로 두는 것은 몇 배로 힘이 든다.

지금 저 땡중이 바로 그 힘든 수법을 펼치고 있는 것이 확실했다.

사실 아무리 고수라 할지라도 허공섭물의 수법으로 사물을 멈추게 되면 약간의 진동을 수반하기 마련이다.

물건이 내공의 영향을 아예 받지 않을 수는 없기 때문이다.

그런데 지금은 붉은 궁의 말이 전혀 움직이지 않고 있었다.

수운은 자신도 모르게 그곳으로 천천히 걸어갔다.

그는 임무도 잊은 채 장기를 구경하기 위해 나온 사람처럼 고개를 삐죽 내밀었다.

그때 늙은 중이 입을 열었다.

"이제 내 차례인가?"

표정과 말투 모두 심각했다.

마치 전쟁을 앞둔 장수가 다짐하는 것만 같았다.

무당의 수운은 자신이 해검지를 지키는 책임자라는 것도 잊은 채 마른침을 삼켰다.

마른침을 삼키던 수운이 자신도 모르게 주먹을 꽉 쥐었다.

그는 긴장한 자신에게 놀라고 있었다.

도가의 교육을 받고 자라 온 자신이 알 까기 하나에 이렇게 흥분하다니!

이것은 새로운 경험이었다.

젊은이가 보여 준 수법도 대단했지만, 늙은 땡중의 수법도 기대가 되었다.

이제는 땡중이란 표현을 써서는 안 될 것만 같았다.

허공섭물의 수법을 저리 자연스럽게 쓸 수 있다면 청색의 말을 모두 장기판 밖으로 날려 보내도 이상하지 않을 터였다.

딱 한 수면 청색의 모든 말은 장기판 밖으로 날아갈 터.

수운은 그 광경을 머리에 그려 봤다.

마치 태극이 요동치는 듯한 상상이 머릿속에 펼쳐졌다.

"아."

수운이 자신도 모르게 입을 벌렸다.

이것은 분명히 깨달음의 화두였다.

역시 사숙들의 말이 맞았다.

깨달음은 불시에 다가오는 법이었다.

수운은 선 채로 조용히 눈을 감았다.

그가 깨달음의 화두를 막 잡으려 하던 순간이었다.

갑자기 수운의 콧구멍 속으로 뭔가가 날아왔다.

수운은 대수롭지 않게 생각했다.

사람들이 많이 모이다 보면 이 정도의 먼지는 흩날리기 마련이니까.

다시 깨달음의 화두를 떠올리려고 할 때였다.

수운은 코를 씰룩이기 시작했다. 대수롭지 않은 먼지가 코를 간지럽히기 시작한 것이다.

한 뼘만 더 가까이 가면 깨달음의 화두를 잡을 수 있을 것만 같았는데……

그의 번뇌가 가슴속에서부터 요동치기 시작했다.

깨달음을 잡느냐 아니면 간지러움을 제거하느냐?

얼핏 들어 보면 고민할 가치도 없는 질문이었다.

하지만 오감이라는 것을 통제할 수 있는 이는 그리 많지 않았다.

수운도 남들과 마찬가지로 감각을 통제할 수는 없었다.

갈등하던 수운의 콧구멍이 살짝 늘어났다.

"엣취."

도저히 참을 수 없어 재채기를 한 것이다.

그 순간 수운의 표정이 오묘해졌다.

간지러움은 저 멀리 날아갔지만, 그와 함께 깨달음의 화두도 사라진 것.

수운은 눈을 뜨고 멍하니 하늘을 바라봤다.

그는 지금 아무 생각도 할 수 없었다.

사라진 깨달음의 화두만이 어른거릴 뿐이었다.

수운이 그렇게 아쉬움을 되새김질하고 있을 때였다.

갑자기 피부가 따끔해지는 것을 느꼈다.

수운은 그제야 상념에서 깨어 주변을 둘러봤다.

"뭐지?"

수운은 자신도 모르게 혼잣말을 뱉었다.

주변의 상황이 묘했기 때문이다.

모두가 자신을 역적 바라보듯이 쏘아보고 있었다.

수운은 뭔가 잘못됐음을 깨달았다.

그는 재빨리 시선을 돌려 주위를 살폈다.

수운이 고개를 갸웃했다.

늙은 중이 자신을 물끄러미 바라보고 있었다.

수운은 조금 더 자세히 늙은 중의 눈을 봤다.

늙은 중도 자신과 마찬가지로 뭔가를 잃어버린 것처럼 슬픈 표정을 하고 있었다.

마치 동경을 보는 듯한 느낌이었다.

그뿐이 아니었다.

구경하던 강호인들의 시선도 모두 수운에게 모였다.

그 시선은 따갑기 그지없었다.

이유를 알 수 없다는 듯 고개를 갸웃하던 수운은 장기판으로 시선을 돌렸다.

자세히 보니 알 까기가 끝나 있었다.

적색의 궁이 뒤로 밀려나 있던 것이다.

청색의 장기짝들은 하나도 밖으로 나가지 않은 상태였다.

분명 노인은 반격하려고 했다.

그런데 경기는 재채기 한 번 하는 사이에 끝나 있었다.

수운은 생각을 이어 나갈 수 없었다.

갑자기 얼굴이 따끔해졌기 때문이다.

고개를 돌려 보니 허탈한 표정을 짓고 있던 늙은 중이 자신을 매섭게 노려보고 있었다.

상상도 할 수 없는 기세였다.

그 눈빛은 세상을 삼킬 것처럼 강렬하기만 했다.

수운은 그 자리에서 한 걸음도 움직일 수 없었다.

손가락 하나조차 까딱할 수 없었다.

고양이 앞에 선 쥐가 이럴까?

아니 호랑이와 쥐만큼의 격차만큼이나 기세가 차이 난다고 봐야 옳았다.

찰나였지만 수운에게는 지금의 시간이 억만년처럼 느껴지는 것만 같았다.

이제는 한계였다.

수운은 자신도 모르게 다리에 힘이 풀렸다.

휘청.

그때 그를 옥죄던 기세가 신기루처럼 사라졌다.

그는 조심스럽게 앞을 살폈다.

늙은 중과 젊은이의 표정은 완벽하게 반대였다.

젊은이는 실실 웃고 있었으며 늙은 중은 오만상을 찌푸리고 있었다.

과연 어떻게 된 일일까?

늙은 중은 왜 자신에게 그렇게 험악한 기세를 쏘아 낸 것일까?

수운은 지금의 상황을 이해할 수 없었다.

그가 고개를 갸웃하고 있을 때였다.

젊은이가 소리 없이 수운을 향해 다가왔다.

순간 수운은 자신도 모르게 한 걸음 물러났다.

젊은이의 신법이 오묘했기 때문이다.

정확히 보지는 못했지만, 분위기로 봐서는 백색 무복의 시녀가 보인 걸음과 비슷했다.

남들은 못 보는 것 같지만, 수운은 그 분위기를 정확히 알 수 있었다.

문제는 왜 젊은이가 다가오느냐였다.

수운은 자신의 허리에 있는 검을 확인했다.

검집을 움켜잡고는, 젊은이가 허튼짓을 한다면 일 검에 베어 버릴 것이라 결심했다.

빛나는 눈과 움켜쥔 손 그리고 앙다문 입술 덕분에 그의 진지함은 배가되었다.

수운이 상대를 검으로 맞이하려고 할 때였다.

젊은이가 갑자기 그의 앞에서 포권했다.

"도인, 뭐라 감사 인사를 드려야 할지 모르겠습니다."

"가, 감사라고?"

수운은 난데없는 상황에 말까지 더듬는 실수를 했다.

젊은이는 물론 한빈이었다.

한빈은 틈을 주지 않겠다는 듯 말을 이었다.

"도인, 아니 대협 덕분에 내기에서 이겼습니다."

"자, 잠시만……. 그게 무슨 소리요?"

"대협의 재채기 덕분에 제가 이겼다는 말입니다."

"……."

수운은 아무 말 없이 자신의 코를 매만졌다.

아직도 얼얼한 게, 재채기를 시원하게 한 것은 맞았다.

수운이 멍하니 있자 한빈이 말을 이었다.

"막 어르신이 반격을 하려는 순간, 대협의 재채기 덕분에 제가 이겼습니다. 그러니 이 모든 것이 대협의 공이 아니고 뭐겠습니까? 자, 이리 오시지요."

한빈이 수운을 잡아끌었다.

넋을 놓고 있던 수운은 한빈의 손에 이끌려 장기판이 있는 곳으로 따라갔다.

한빈이 바닥을 가리켰다.

"편안히 앉으시지요."

"흠."

헛기침한 수운이 자리에 앉았다.

순간 온몸을 덮쳐 오는 살기에 수운은 어깨를 움찔했다.

그때 한빈이 고개를 돌려 무영을 바라봤다.

"어르신, 소림과 무당의 관계가 뿌리 깊거늘, 그러다 사고 치시겠습니다."

"지금 내게 충고하는 게냐?"

무영이 표정을 구기자 그렇지 않아도 자글자글한 이마가 풍랑을 만난 것만 같았다.

한빈이 아무렇지 않게 손을 저었다.

"충고라니요."

"충고가 아니면 뭐냐?"

이제는 신경질을 부리는 무영.

중간에 낀 수운은 멍하니 그들의 대화를 듣기만 했다.

그때 한빈이 아무렇지 않게 말을 이었다.

"잠시만요, 일단 급한 일부터 마무리하겠습니다."

"급한 일이라고?"

"네, 아주 급한 일이지요. 여기 계신 도인의 생사가 달려 있으니 말입니다."

한빈이 손을 들어 수운을 가리켰다.

대화를 듣고 있던 수운이 깜짝 놀라 한 걸음 물러났다.

이건 마른하늘에 날벼락이었다.

"지, 지금 뭐 하는 짓이오?"

"당신의 생명이 위험하다고 했습니다."

"날 해치겠다는 얘기요? 그것도 무당의 산문 앞에서. 이러고도 무사할 줄 아시오?"

"왜 성질을 냅니까? 저는 도인을 위해서 지금 변호를 하려고 하는데 말입니다."

"내가 무슨 잘못을 했기에 변호를 한다고 그럽니까!"

"어르신의 한 수를 방해하지 않았습니까?"

"그게 무슨 죽을죄라고……."

수운의 목소리가 점점 작아졌다.

늙은 중이 다시 기세를 피워 냈기 때문이다.

피부를 뚫을 것 같은 기세는 절정의 고수인 수운도 부담스러웠다.

그때 수운이 주변을 돌아봤다.

주변 사람들은 아무렇지 않게 이 상황을 보고 있다.

마치 불구경을 바라보듯 모두가 쉬지 않고 입을 놀리고 있었다.

수운의 사제들도 마찬가지였다.

그가 있는 쪽을 바라보며 쉴 새 없이 수군대고 있다.

그들의 모습을 보던 수운이 고개를 갸웃하다가 눈을 크게 떴다.

그들의 목소리가 전혀 들리지 않았기 때문이다.

수군대는 입 모양만 보일 뿐 목소리는 조금도 들리지 않았다.

누가 보면 단체로 입 모양으로 대화를 하는 것이라고 생각될 정도였다.

물론 그럴 리는 없었다.

가능성은 단 하나!

바로 기막이었다.

수운은 자신과 늙은 중, 그리고 젊은이를 살폈다.

이 정도의 공간에 풀벌레 소리도 들리지 않을 기막을 펼치려면?

말이 나오지 않을 정도였다.

수운은 일단 마음을 진정시키기로 했다.

호랑이 굴에 물려 간다 해도 정신만 바싹 차리면 살아남는다는 얘기가 있지 않은가?

상대의 이야기를 들어 보면 자신의 재채기로 인해 승부가 갈린 것이 분명했다.

수운은 슬쩍 늙은 중을 다시 바라봤다.

아직도 눈에 쌍심지를 켜고 있었다.

지금 기막을 펼친 것은 그가 분명했다.

허공섭물과 거대한 기막이라!

상상도 할 수 없는 무공을 지닌 것이 분명했다.

기막을 펼쳐 놓은 것은 자신을 해코지하려는 것 같았다.

수운은 고개를 돌려 젊은이를 바라봤다.

생글생글 웃는 것이 인상이 좋아 보였다.

기막까지 펼치고 살기를 피워 내는 노인과 사람 좋아 보이는 젊은이, 둘 중 누구를 믿어야 할까?

수운이 눈매를 좁혔다.

생각해 보니 그보다 우선시되어야 할 것이 있었다.

일단 이들의 정체를 밝혀야만 했다.

"소협의 정체를 알고 싶구려. 그래야 충고를 받아들이든 말든 할 게 아니오."

"흠, 저는 하북팽가의 넷째입니다."

"사천당가가 아니라 정말 하북팽가란 말이오?"

"전에도 밝혔듯, 저는 하북팽가 사람입니다."

"그럼 방금 그 암기 실력은 대체 무엇이오?"

청색 궁 하나로 적색 장기짝을 한 번에 쓸어버린 수법은 분명히 사천당가에서나 볼 수 있는 암기술이었다.

한빈은 아무렇지 않게 떨어진 장기짝을 가리켰다.

"하북팽가의 백발백중이란 수법입니다."

물론 거짓말은 아니었다.

용린검법을 가지고 있는 한빈이 하북팽가의 사람이니 말이다.

그 모습에 수운이 다시 물었다.

"흠, 일단 믿겠소이다. 그런데 내게 충고할 것이 뭐요?"

수운이 슬쩍 옆을 바라봤다.

그곳에는 아직도 쌍심지를 켜고 있는 늙은 중이 있었다.

수운은 얼른 고개를 돌렸다.

어찌나 분위기가 살벌한지 눈에 가시가 박히는 것만 같았다.

한빈이 당황한 수운을 보며 말했다.

"일단 서열 정리부터 하죠!"

뜬금없는 소리에 수운의 눈이 다시 커졌다.

"서열 정리라니, 그게 무슨 말이오?"

"말 그대로 배분을 따지자는 겁니다."

"젊은이와 내가 왜 배분을 따져야 하는 것이오?"

"혹시 현문이란 도인을 아십니까?"

"지금 현문이라 했소?"

수운은 고개를 갸웃했다. 현자배는 장문인과 같은 배분, 상대가 저리 쉽게 말할 수 있는 이름이 아니었다.

게다가 현문이란 이름은…….

무당에서 금기시되는 인물이기도 했다.

장문인의 사제이자 무당 최고의 골칫덩이인 그의 이름이 왜 나온다는 말인가?

그때 한빈이 고개를 끄덕였다.

"네, 맞습니다."

"잠시만요, 설마 제가 아는 현문 사숙은 아니겠지요?"

"왜 아니라고 생각하십니까?"

"그야……. 개과천선했다는 소문은 있지만, 사문을 나간 지 벌써 십 년입니다. 얼굴을 못 본 지 오래전인 그분을 말씀하시는 건 아닌 것 같습니다."

수운이 말끝을 흐리며 고개를 갸웃했다.

잠시 고개를 갸웃하던 그가 고개를 돌렸다.

당혹감을 숨기기 위해서였다.

한빈이 조용히 고개를 끄덕였다.

"제가 말씀드린 현문이라는 분은 무당파의 도인이 맞습니다. 무당에서 같은 도명을 쓰는 분은 없는 것으로 알고 있습니다."

"그렇습니다."

"그렇다면 도운의 사숙이 맞겠군요."

"흠, 그런데 제 사숙 이야기를 왜 하십니까?"

당황해하는 수운을 본 한빈이 고개를 끄덕였다.

그의 말은 사실이 분명했다.

한빈은 수운의 눈빛을 바라봤다.

그 눈빛은 전생에 봤던 것과 똑같았다.

윗선의 지시라면 기름을 들고 불 속으로라도 뛰어들 정도로 진심인 사내.

항상 고민하면서도 끝내는 자신의 목숨보다 윗선의 지시가 더 중요한 사내.

그가 바로 수운이었다.

그는 능력은 부족해도 시키는 일을 묵묵히 수행하는 도인이었다.

한빈이 그를 기억하는 이유는 정마대전 당시 가장 먼저 목이 달아난 정파의 무인이었기 때문이다.

천산 산맥에서부터 넘어오는 마교의 침공을 막기 위해, 그 입구인 호관문을 마지막까지 지켰던 무인.

그가 바로 수운이었다.

위에서 시키면 시키는 대로 한 치의 오차도 없이 임무를 수행하는 무당파의 제자.

무공은 모르겠지만 그의 입은 무당에서 가장 믿을 만했다.

한빈은 수운을 보며 말을 이었다.

"그분과 저는 가족과도 같습니다. 그래서 물어본 것입니다."

"가족이라니요? 아까는 하북팽가라더니……. 혹시 무당의 속가제자십니까?"

"그럴 리가요."

"그럼 어떻게 제 사숙과 가족이 될 수 있습니까? 제가 알기로는 현문 사숙님은 어릴 때 입문한 것으로 알고 있습니다만……."

수운이 의심의 눈초리로 한빈을 바라보자 한빈은 재빨리 말을 이었다.

"피가 섞였다는 이야기는 아닙니다. 그저 의형제의 연을 맺었을 뿐입니다. 하지만 강호에서 인연이란 가족보다도 진한 법이죠. 그러니 가족이 아니고 뭐겠습니까?"

"지, 지금 뭐라 했습니까? 현문 사숙과 소협이 의제의 연을 맺었다고요?"

"강북에서는 다 아는 사실인데, 정작 무당에서는 모르니 난감합니다."

물론 거짓말이었다. 현문과의 관계는 강북에서도 아는 자들이 별로 없었다.

강북에 퍼진 소문이라고는 망나니 현문이 개과천선했다는 사실뿐.

한빈이 흐뭇한 표정으로 웃었다.

먹이를 바라보는 듯한 한빈의 미소에 수운이 당황했다.

그도 그럴 것이, 눈앞의 젊은이가 사숙과 의형제의 연을 맺었다면 배분이 엄청나게 꼬이게 된다.

수운은 조용히 고개를 돌려 무당의 향로봉을 바라봤다.

그는 속으로 원시천존을 외치며 이 상황을 한탄했다.

사실 다른 이가 젊은 무인과 의형제의 연을 맺었다고 한다면 믿지도 않을 터였다.

배분을 꼬이게 할 만큼 정신이 없는 이는 무당산에 없으니 말이다.

하지만 망나니 현문이라면 그러고도 남았다.

수운이 고개를 돌리고 있을 때 한빈이 말을 이었다.

"도인께서 현문 형님을 보고 사숙이라고 하는 것을 보니……."

"무슨 말을 하려고 그러시는 겁니까?"

"도인은 배분상 내게는 사질이 되겠군요."

"아니, 잠시만 기다리십시오. 아무리 생각해도……."

"그분과 이미 의형제를 맺은 것을 취소할 수는 없는 노릇 아니겠습니까?"

"허."

"그렇다고 제게 말을 높일 필요는 없습니다. 나이도 어린 제가 현문 형님의 이름을 빌려 배분을 들먹이는 건 좀 우습지 않습니까?"

"흠, 그래도 되겠습니까?"

"나이도 나이지만, 도인께서는 무당의 앞날을 책임지고 계신 분 아닙니까? 제가 함부로 할 수 있는 분은 아니죠."

"제가 무당의 앞날을 책임진다니, 그게 무슨 말씀입니까?"

"현문 형님께 다 들었습니다. 무당을 책임질 인재라고요."

"허허, 그분이 어찌 그런 농담을……."

"농담이 아닙니다. 태극검제께서도 도운을 각별히 생각하고 계시다고 들었습니다."

"이렇게 제 얼굴에 금칠하시니, 몸 둘 바를 모르겠습니다."

수운이 눈을 크게 뜨자 한빈이 아무렇지 않게 말을 이었다.

"그러니 가장 중요한 이곳을 도인에게 맡기셨겠지요. 영웅 대회의 시작은 바로 이곳 해검지가 아니겠습니까?"

"허, 그야……."

"제 말이 틀렸습니까?"

한빈이 사람 좋은 얼굴로 상체를 기울였다.

갑자기 한빈이 고개를 내밀자 수운은 살짝 뒤로 물러나며 눈치를 봤다.

처음에 배분 이야기를 했을 때는 현문과의 인연을 들먹이며 주도권을 잡으려는 듯 보였다.

하지만 그것은 착각이었다.

계속 이야기를 들어 보니 상대는 강호의 도리를 아는 것 같았다.

이것이 수운이 한빈에 대해 내린 판단이었다.

그때, 수운은 멀리서 손짓하는 사제의 모습을 보았다.

수운은 슬쩍 눈치를 보다가 재빨리 뒷걸음쳤다.

도망치는 수운을 잡는 이는 아무도 없었다.

한빈은 팔짱을 끼고 의미심장한 웃음을 지었다.

그 옆에 있는 무영은 기가 찬 듯 한빈과 수운의 뒷모습을 번갈아 볼 뿐이었다.

무영의 표정은 진심이었다.

무영은 이번 사태의 전말을 알고 있었다.

자신의 허공섭물이 실패한 이유는 한빈 때문이었다.

실로 기묘한 수법이었다.

무영도 처음에는 착각인 줄 알았다.

한빈의 손에서 미끄러지듯 나온 머리카락 한 올.

눈에도 보이지 않을 머리카락 한 올이 수운이란 도인의 콧구멍을 간지럽힌 것이다.

이것은 그야말로 완벽한 암기술이었다.

아니 암기술이 아니라 허공섭물에 가까웠다.

방향도 방향이지만, 그야말로 완전무결한 힘 조절.

이것이 한빈이 잠깐 동안 벌인 일이었다.

물론 그것뿐이 아니었다.

중간중간에 주변 사람들에게 은밀하게 쪽지를 건네는 것으로 봐서는 다른 일도 꾸민 것이 분명했다.

무영이 황당하다는 듯 주변을 둘러보고 있을 때였다.

한빈이 말을 이었다.

"이제 약속을 지키셔야죠."

"무슨 약속 말인가?"

"두 판을 내리 지셨으니 말입니다. 제 소원 두 개가 남았습니다. 첫 번째 소원부터 말씀드리죠."

한빈은 고개를 기울여 무영의 귓가에 입을 가까이 가져갔다.


한빈과 무영이 은밀한 대화를 나누고 있을 때였다.

그들에게 멀어진 수운이 고개를 갸웃했다.

주변의 웅성이던 소리가 귓가에 꽂히기 시작했기 때문이다.

웅성대는 강호인들의 목소리에 수운은 눈을 크게 떴다.

그들 대부분은 땅을 치고 있었다.

"내, 내 돈!"

"나도 다 잃었어."

"어떻게 젊은이가 이길 수가 있지?"

"그러게 말이야. 이번에 돈 딴 사람이 대체 누구야?"

"누가 돈을 땄는지는 아무도 모르네."

"그럼 판돈이 그대로 남아 있다는 것인가?"

"승자는 있는데 아직 찾아가지 않고 있다고 하더군."

"허허, 지금은 그게 문제가 아니지. 저자만 아니었어도…….돈을 잃지는 않았을 텐데 말이네."

그들은 원망 어린 눈빛으로 수운을 바라볼 뿐이었다.

대부분의 강호인들은 이번 내기에서 진 것이 수운 때문이라고 생각했다.

그때였다.

그의 사제 하나가 천천히 걸어오더니 조용히 속삭였다.

"사형, 왜 그러셨습니까?"

"내가 뭘 말이냐?"

"저는 사형이 한 일을 다 알고 있습니다."

"내가 한 일이라니, 그게 무슨 말이더냐?"

"승부 조작 말입니다. 아무리 젊은이가 이기기 원했어도 그 옆에서 재채기를 하는 것은 아니지 않습니까?"

"내가 일부러 재채기를 했다고?"

"증거가 있습니다."

"증거?"

수운이 고개를 갸웃할 때였다.

주변이 다시 웅성이기 시작했다.

그들의 눈빛은 이전보다 더 사나워져 있었다.

그들은 매서운 눈빛으로 수운을 쏘아보았다.

"저 도인 때문에 우리가 돈을 잃은 거지?"

"아마도 그런 것 같네."

"허허, 어찌 무당파의 도인이 사욕에 눈이 멀어……."

"그러게 말일세."

"해검지를 지키라고 보내 놓은 무인이 우리 돈을 다 따 가?"

"무당의 명성도 이제 땅에 떨어졌군."

그들은 알 수 없는 말을 하고 있었다.

수운은 자신도 모르게 검집을 움켜잡았다.

그 옆에 있던 사제가 수운을 다급하게 말렸다.

"사형, 저들의 잘못이 아닙니다."

"저들이 방금 무당을 욕하는 것을 듣지 못했느냐?"

"사형이 오해받을 만한 일을 하셨습니다."

"내가 오해를 받아?"

"저 젊은이에게 거액의 판돈을 건 것도 모자라 승부를 방해하지 않았습니까?"

"내가 거액의 판돈을 걸었다고?"

수운의 눈이 한계까지 커지자 그의 사제가 한숨을 쉬며 말을 이었다.

"휴……. 제가 가서 확인해 보니, 저기에 수운 사형의 이름으로 떡하니 판돈이 걸려 있습니다. 설마 은자 오십 냥이나 되는 거금을 남의 이름으로 걸겠습니까? 그런데 그런 거금은 언제 모으신 겁니까? 미리 저희에게 얘기라도 했으면 티 안 나게 숨겨 드렸을 텐데요.”

“내가 언제 돈을 걸었다는 것이냐? 이건 모함이다.”

“그럼 직접 가서 물어보십시오. 분명히 무당의 수운이라고 적혀 있습니다. 저러니 강호인들이 성을 낼 수밖에요.”

“여기서 기다리거라.”

수운은 사제에게 자리를 지킬 것을 당부하고 재빨리 뛰어 판돈을 관리하는 강호인에게 달려갔다.

판돈을 관리하는 강호인은 아예 자리를 깔고 앉아 있었다.

마치 오래전부터 차려진 좌판 같은 느낌이었다.

수운이 다가가자 강호인이 고개를 들었다.

강호인을 본 수운은 눈을 크게 떴다.

강호인은 사내가 아닌 여인이었다.

그것도 구릿빛이 감도는 여인이었다.

피부 때문에 멀리서는 사내로 착각할 수밖에 없었다.

거기에 여인은 어울리지 않는 곡괭이를 옆에 두고 있었으니 말이다.

그녀의 앞에는 두툼한 서책도 있었다.

그녀가 입을 열었다.

“무슨 일이죠?”

“나는 무당의 수운입니다. 내 이름으로 은자 오십 냥이 걸려 있다고 해서 와 봤습니다.”

"아, 이 돈의 주인이시군요. 여기 있습니다."

여인이 자루를 내밀었다.

수운은 멍하니 자루를 바라보다 재빨리 손을 저었다.

"그건 내 돈이 아니외다. 나는 판돈을 건 적이 없소."

"거셨잖아요."

"오십 냥이라는 판돈을 건 적은 없소이다."

"그럼 거시긴 거셨다는 거잖아요. 어디 보자."

여인이 서책을 넘기기 시작했다.

휘릭.

서책을 넘기는 바람이 수운의 코끝을 간지럽혔다.

하지만 마음은 칼에 베인 것처럼 아려 왔다.

자신이 모함을 받은 것보다 무당의 명성에 금이 가는 것이
더 두려웠다.

그만큼 수운은 자신의 사문을 사랑하고 있었다.

바람에 나부끼며 넘어가던 책장이 멈췄다.

그 멈춘 자리를 여인이 검지로 가리켰다.

"여기 보세요. 분명히 있지 않습니까?"

"헉."

수운은 입을 벌렸다.

책장에는 분명히 '무당의 수운'이라고 써 있었다.

황당한 일이지만, 누군가 본다면 오해받기 딱 좋다는 것을
그는 알고 있었다.

수운이 표정을 수습하고 다시 물었다.

"내가 언제 내기를 걸었소이까? 날 본 적이 있소?"

"나는 이름을 관리하지, 얼굴까지 확인하지는 않아요. 정 궁금하면 저기 가서 물어보세요."

여인은 어딘가를 가리켰다.

수운은 여인의 시선을 따라 재빨리 고개를 돌렸다.

순간 수운의 눈이 한계까지 커졌다.

그곳에는 조금 전 황급히 자리를 빠져나왔던 이유인 노인과 젊은이가 있었다.

여인이 가리킨 것은 그중 젊은이였다.

젊은이가 환하게 웃으며 손을 흔들고 있었다.

당연하게도 수운은 젊은이의 앞으로 뛰어갔다.

"혹시 판돈을 관리하는 게 소협입니까?"

"제가 판돈을 관리하지는 않지만, 판돈을 관리하는 자와 알고는 있습니다. 그런데 무슨 문제라도 있습니까?"

# 무당산의 보물찾기

한빈은 수운을 바라보며 고개를 갸웃했다.

수운은 말없이 뒤쪽을 가리켰다.

그쪽에는 내기의 판돈을 관리하는 여인이 있었다.

수운이 바라보자 여인은 작게 포권했다.

그 모습을 본 수운도 마주 포권했다.

그것도 잠시, 수운은 여인이 포권한 대상이 자신이 아니라
는 것을 알아차렸다.

수운은 고개를 돌렸다.

그곳에는 젊은이, 즉 한빈이 손을 휘휘 내젓고 있었다.

수운은 그제야 상황이 이상하다는 것을 깨달았다.

자신의 이름이 내기판의 장부에 있다는 것도 이상한데, 그

장부를 관리하는 여인이 눈앞에 있는 젊은이의 수하라고?

수운은 이 모든 것이 자신을 옭아 넣기 위한 함정이라 생각했다.

여기까지 추측했지만, 수운은 이 함정을 판 이유를 도저히 떠올릴 수가 없었다.

수운이 못 참겠다는 듯 물었다.

"왜 나를 함정에 몰아넣으셨소이까?"

"제가 언제요?"

"지금 저……."

수운은 뒤쪽을 가리키며 성을 내다가 말을 멈췄다.

뒤쪽에 서 있는 여인이 화사하게 웃으며 장부를 흔들고 있었기 때문이다.

장부를 흔들던 여인이 장부의 한 곳을 가리켰다.

수운의 이름이 써 있는 곳이다.

이렇게 신경전이 오가는 사이에도 사람들은 점점 더 큰 목소리로 수운을 원망했다.

그 웅성거림에 수운은 재빨리 한빈을 바라봤다.

"다 됐고 제가 판돈을 안 걸었다는 것을 증명해 주십시오. 그러면 없던 일로 하겠습니다."

"흠, 저보고 장부를 조작하는 것을 도와달라는 건가요?"

"그게 아니라 사실을 밝혀 달라는 겁니다."

"사실이란, 저 장부에 도인의 이름이 적혀 있다는 것이지요. 다시 가서 확인해 보십시오. 그게 누구의 필체인지 말입니다."

"저게 내 필체라는 말입니까?"

"맞습니다. 확인해 보시겠습니까?"

한빈이 손짓했다.

수운이 고개를 돌리자, 그곳에는 까무잡잡한 여인이 장부를 들고 서 있었다.

장부의 글씨체를 확인하던 수운이 떨리는 목소리로 말을 이었다.

"어떻게 내 필체와 이리도……."

"이제야 인정하시는군요. 승부 조작은 강호의 도리에 어긋나는 짓이죠. 명문 정파에서 이런 짓을 했다가는 바로 사문에서 파문당하는 것으로 알고 있습니다마는……."

한빈은 조용히 주변을 돌아봤다.

성난 강호인들이 수운을 쏘아보고 있었다.

그의 사제들마저 수운을 멸시의 눈으로 바라보고 있었다.

아무것도 아닌 것 같아도 정파는 체면에 신경을 많이 쓰기 마련.

차라리 실수로 상대를 죽이는 것은 용서해도, 승부 조작 같이 자잘한 죄는 용서하지 않는 것이 바로 정파의 습성이었다.

내기에 돈을 걸었던 강호인들은 분노하고 사제들은 수운

의 시선을 피하기 바쁜 상황.

그중 장부를 들고 있는 심미호만은 어깨를 활짝 펴며 뭔가를 자랑하고 싶다는 듯 입술을 달싹이고 있었다.

그녀의 의기양양한 표정에 한빈은 고개를 끄덕였다.

사실 심미호가 한빈에게 배운 것은 은신술과 경공만이 아니었다.

정보를 중간에서 관리해야 하는 심미호에게 한빈은 그에 필요한 여러 가지 잡기들을 가르쳤다.

그중에는 변장술과 필체 위조술도 있었다.

덕분에 심미호는 한빈만큼은 아니어도 어느 정도 필체를 똑같이 베낄 수 있었다.

심미호는 지금 자신의 위조술을 자랑하고 있는 것이었다.

사실 한빈이 심미호를 칭찬하고 싶은 부분은 그녀의 얼굴 두께였다.

필체의 진짜 주인인 수운의 앞에서 이렇게 당당할 수 있는 것은 심미호만의 장점이었다.

수운은 한빈과 심미호 간에 오가는 눈빛을 알지 못했다.

지금은 그것이 문제가 아니었기 때문이다.

방금 젊은이가 말한 대로, 이 문제가 불거진다면 무당에서 바로 파문당할 수도 있었다.

지금 나이에 무당 말고 다른 곳에서 다시 시작하라고 한다면, 차라리 죽는 것이 나았다.

무당은 수운에게 친구이자 가족이며 미래였다.

수운은 자신도 모르게 한빈에게 속삭였다.

"소협, 도와주시죠."

"제가 어떻게 해 드리면 될까요? 장부를 찢어 드리는 것은 조금 비쌉니다. 오해를 풀어 드리는 것은 그보다 더 비싸고요."

"오해를 풀어 주십시오."

"그럼 일단은……."

한빈은 슬쩍 설화를 바라봤다.

설화가 기다렸다는 듯이 슬쩍 종이를 펼친 상을 들어 올렸다.

마치 황제에게 진상하듯 경건한 자세로 말이다.

그 상 위에는 붓과 벼루까지 있었다.

난데없는 상황에 수운이 당황한 표정으로 물었다.

"이게 뭡니까?"

"서명 하나만 해 주십시오."

"대체 무슨 서명입니까?"

"일이 잘 해결되면 약속을 지키겠다는 서명입니다."

"그 약속이란 게……."

"단 하루, 제 수족이 되겠다는 서약서입니다. 저기에 서명을 해 주시면 됩니다."

한빈이 펼쳐진 종이를 가리키자 수운은 내용을 읽기 시작했다.

"이런 황당무계한 내용이……."

"하루를 고생하시고 무당에 남겠습니까? 아니면 오늘부로
무당을 나가시겠습니까? 저기 보니 다른 도인들도 수군대기
시작하는군요. 아마 저 중에는 도인의 자리를 탐내는 이도
있을 것 같습니다."

한빈이 턱짓으로 수운의 사제들을 가리켰다.

주변을 돌아본 수운이 조심스럽게 말을 이었다.

"딱 하루면 됩니까?"

"네, 하루면 됩니다."

"사문에 해가 되는 일은 절대로 하지 않겠습니다."

"그것도 넣어 드리죠."

한빈이 씩 웃으며 붓을 들어 서약서에 문구를 추가했다.

사사—삭.

그 모습에 수운이 눈을 크게 떴다.

바로 말도 되지 않는 속도 때문이었다.

옆에서 한빈을 지켜보던 무영도 고개를 갸웃했다.

아무리 봐도 한빈의 행동 하나하나가 너무 눈에 익었다.

물론 꿈속에서 본 친구와 비교해서 말이다.

주변의 시선에도 한빈은 눈을 돌리지 않았다.

한빈은 아무렇지 않게 붓을 수운에게 건네며 턱짓했다.

어서 서명하라는 말이었다.

주변을 다시 한번 살핀 수운은 붓을 들어 서명했다.

스슥.

서명한 수운은 한숨을 쉬며 붓을 내려놨다.

"이제 됐습니까? 어서 오해를 풀어 주시오."

"오해는 이미 풀렸습니다."

"그게 무슨 말입니까? 어서 장부에 대해서 해명을 하시오."

"해명할 필요는 없습니다."

"그게 무슨 말이오. 나랑 말장난하자는 것입니까?"

"저쪽을 보시죠."

한빈이 주변을 가리켰다.

이제까지 날 선 눈으로 수운을 바라보던 시선들이 사라졌다.

갑작스러운 상황에 수운이 눈을 동그랗게 뜰 때, 그의 사제가 달려왔다.

"사형, 죄송합니다."

"대체 무슨 일이더냐?"

"저희가 오해했습니다, 사형."

"뭘 오해했다는 말이냐? 어서 말해 보아라."

"사형이 승부 조작을 한 줄 알았더니 그게 아니었습니다. 무당파의 수운이 아니라 광양파 수문이란 자가 돈을 다 따갔다고 합니다."

"광양파의 수문? 광양파는 처음 들어 보는구나."

"광양파는 해남 쪽에 있는 문파라고 합니다."

"아무래도 수상쩍구나. 광양파라는 처음 듣는 문파에 수문? 거기에 해남 지역이라고?"

수운은 자신도 모르게 멀리 떨어져 있는 해남파를 바라봤다.

조금 전까지 대치하던 해남파가 의심스러워서였다.

수운과 시선이 마주친 해남파의 수장은 무슨 일인지 모르겠다는 듯 어깨를 으쓱한다.

수운은 고개를 돌려 다시 젊은이를 바라봤다.

눈앞에 있는 젊은이와 관계가 있는지 의심스러워서였다.

그때 수운의 수제가 어딘가를 가리켰다.

"바로 저자입니다."

"저자는?"

고개를 갸웃한 수운이 판돈이 든 전낭을 튕기면서 걸어가는 사내를 바라봤다.

해남파의 복장은 아니었다.

청색의 무복을 입고 전낭을 튕기면서 가는 모습은 마치 어린아이처럼 보이기도 했다.

그만큼 사내의 키가 작았다.

수운이 사내를 뚫어지라 바라보자 그의 사제가 물었다.

"왜 그러십니까? 혹시 아는 자입니까?"

"모르는 자다. 산문을 열고 손님을 맞아라."

"네, 알겠습니다. 그런데 사형은 안 오십니까?"

"나는 이분들과 잠시 나눌 얘기가 있다. 얘기가 길어질 것 같으니, 오늘 하루는 나를 찾지 말아라."

"알겠습니다, 사형."

말을 마친 사제가 깊숙이 포권한 후 자리로 돌아가자, 수운은 조용히 한빈을 바라봤다.

한참을 바라보던 수운이 비장한 각오로 한빈의 바로 앞에 섰다.

마치 결전을 앞둔 장수와도 같은 진지한 모습이었다.

눈싸움하듯 수운은 눈도 깜빡이지 않았다.

수운의 입이 천천히 열렸다.

"어서 원하는 것을 말해 보시오. 사문에 해가 되지 않는 것이라면 목이라도 내놓겠소."

"겁나는 말 하지 마시죠. 제가 도인의 왜 목을 원합니까?"

"그럼 원하는 것이 뭐요?"

"그냥 안내만 해 주시면 됩니다."

"안내? 믿지 못하겠소. 안내 좀 받자고 이렇게 치밀하게 함정을 파 놨을 리가 없지 않소?"

"제가 원하는 것은 안내뿐입니다."

"그럼 하나만 묻겠소. 진짜 하북팽가의 사람이오?"

"네, 맞습니다. 다시 인사드리지요. 하북팽가의 넷째 팽한빈이라고 합니다."

"그래, 팽 소협. 하북팽가가 내게 이러는 이유가 무엇이
오?"

"도인에게 무림을 구할 기회를 드리는 것뿐입니다."

"무림을 구해? 그런 황당무계한 소리를……."

"거짓이 아닙니다. 무림도 구하고 도인의 목숨도 구하고.
일석이조의 기회를 드리는 것이죠."

"내 목숨을 위협하는 것이요?"

"자꾸 까먹으시는 것 같은데, 방금 어르신의 내기판을 방
해한 사람이 바로 도인입니다."

"흠."

수운이 헛기침하자 한빈이 다시 말을 이었다.

"그럼 무림을 구하기 위한 보물찾기를 시작해 보죠."

"허허, 자꾸 거짓말을……."

수운은 말을 멈췄다.

한빈이 아무렇지 않게 돌아섰기 때문이다.

돌아선 한빈은 뒤도 돌아보지 않고 어디론가 걸어갔다.

수운은 난데없는 상황에 한빈을 쫓기 시작했다.

"같이 가시오!"

한빈의 뒤를 쫓는 수운은 주변의 변화를 눈치채지 못했다.

장부를 들고 있던 여인.

전낭을 튕기면서 가던 사내 그리고 늙은 중이 모두 사라졌

다는 것을 말이다.

                          ❧

   한빈이 멈춘 곳은 무당산의 산문에서 오백 걸음 정도 떨어진 곳이었다.

   이곳은 산세가 험해서 무당파의 도인들도 잘 드나들지 않았다.

   수운은 앞서가는 한빈에게서 묘한 점을 발견했다.

   그것은 바로 걸음걸이였다.

   보법도 오묘했지만, 정작 앞서가는 한빈의 다리를 보면 그리 속도를 내는 것 같지도 않았다.

   그런데도 아무리 뒤를 쫓아도 간격이 줄어들지 않았다.

   대체 저런 경공술이 어디 있단 말인가?

   탄성을 내지르려던 수운은 침을 꿀꺽 삼켰다.

   일정한 거리를 두고 자신을 유인하는 것 같았다.

   "혹시……."

   수운은 말을 맺지 못하고 비명을 질렀다.

   "허억!"

   갑자기 한빈이 눈앞에 나타났기 때문이다.

   수운이 놀라 뒷걸음쳤다.

   "왜 그리 놀라십니까?"

"지금 왜 나를 여기로 데려온 것이오?"

"이제부터 안내해 주시면 됩니다, 도인."

"뭘 안내해 달라는 것이오? 산문을 넘지 않고는 안에 들어갈 수 없소이다."

"진짜 몰라서 하시는 말씀입니까?"

"뭘 모른다는 말이오?"

"어느 문파에나 개구멍은 있기 마련이죠."

"설마, 신성한 무당파에 개구멍이 있다는 것이오? 취소하시오. 그렇지 않으면 안내고 뭐고 다 때려치우겠소이다."

"저곳을 보시죠."

"뭘 보란 말이오? 저기 뭐가 있다고……."

수운이 눈을 크게 떴다.

한빈이 가리킨 곳에는 토끼 한 마리가 고개를 빼꼼 내밀고 있었다.


평범한 길은 아니었다.

그 길은 마치 잔도(棧道)와도 같았다.

잔도는 험한 지형을 우회해서 넘기 위해 경사면에 선반처럼 된 받침을 만들어 낸 길이였다.

무당산에서 아무도 오지 않는 이곳 낭떠러지에도 잔도가 나 있었다.

물론 일반적으로 볼 수 있는 잔도는 아니었다.

산기슭이나 낭떠러지 주변으로 잔도를 내는 이유는 대규모의 물자를 운송하기 위함이지만, 눈앞에 있는 잔도는 사람 하나 지나갈 정도의 넓이였다.

무당산에서 자란 수운도 모르는 잔도가 있다는 것은 놀랍기만 했다.

수운은 한참 동안 멍하니 잔도를 바라보다 고개를 돌렸다.

당연하게도 수운이 이 잔도에 관해 물어볼 사람은 한빈밖에 없었다.

"대체 이 길은 누가 낸 것이오? 소협."

"무당산의 일을 왜 제게 물어보십니까? 하나 더 말씀드리면 생각하시는 것처럼 평범한 잔도는 아닙니다. 절벽에 박아 넣은 나무들을 보십시오."

"헉."

잔도를 자세히 본 수운이 입을 벌렸다.

절벽에 박아 놓은 나무들이 자라나 있었다.

마치 살아 있는 나무를 절벽에 심어 놓은 것만 같았다.

아니면 보통의 목재가 무당산의 정기를 받고 살아났든가 말이다.

사실 수운만 놀란 것은 아니었다.

산문이 있는 쪽으로 쭉 연결된 잔도는 한빈이 보기에도 신기했다.

한빈도 이 잔도를 본 것은 처음이었다.

전생에 한빈이 이곳에 왔을 때는 이곳의 길이 끊긴 후였다.

한빈은 잔도를 보며 미소를 지었다.

동시에 전생의 기억을 잠시 떠올렸다.


전생에 들었던 얘기에 의하면 정체불명의 적들이 이 길로 무당에 빈번하게 잠입했었다.

하지만 지금 눈앞에 보이는 잔도는 적들이 낸 길이 아니었다.

이 길은 전대 태극검제가 젊은 도인들을 위해서 낸 길이라고 한다.

그 젊은 도인들이 지금 모두 장로급이 되어 있고, 이 길은 후대에 전해지지는 않았다.

즉, 지금 장로들과 장문인 그리고 한빈만이 아는 길이었다.

무당파의 원로조차도 기억하지 못하고 있던 개구멍을 적들이 이용했다는 것이 바로 핵심이었다.

한빈은 조용히 고개를 돌려 수운을 바라봤다.

멍하니 잔도를 바라보고 있는 수운은 이 상황이 이해되지 않는 것 같았다.

그때 한빈이 주먹만 한 돌을 하나 집어 들었다.

한빈은 돌을 잔도의 중간에 던졌다.

휙.

날아간 돌이 잔도의 중간에 박혔다.

푹.

그 소리에 수운이 고개를 갸웃했다.

잔도에 돌을 던졌다면 분명 다시 튀어 올라야 정상이었다.

그런데 한빈이 던진 돌은 마치 허공을 통과하듯 잔도 안쪽으로 스며든 것이다.

"저게 뭡니까? 호, 혹시 진법이오?"

"진법은 아닙니다."

"진법이 아니라면 어떻게 돌이 저리 사라질 수가 있소?"

"이제 도착할 때가 됐군요. 잘 들어 보시죠."

"뭘 들어 보라는……."

수운이 말을 멈추고 귀를 쫑긋했다.

텅!

까마득한 아래에서 울려 퍼지는 소리에 수운의 눈이 커졌다.

"저 소리는 대체……."

"제가 방금 던진 돌멩이입니다. 이건 겉보기에는 평범한 잔도처럼 보여도 중간이 텅 비어 있습니다. 정확히 나뭇가지를 밟고 지나가야 건널 수 있는 길이지요."

"무당의 안전에 대해 걱정하시고 계신 거군요. 이쪽 잔도에 대해서는 반드시 보고하겠습니다. 가르침 감사드립니다, 소협."

"제가 강호 최고의 문파인 무당의 안전을 왜 신경 씁니까?"

"그게 아니라면 왜 제게 이런 가르침을 주시는 거요?"

"일단 먼저 출발하시죠."

"출발이라니, 그게 무슨 말입니까?"

"안내인이 먼저 안 가면 누가 먼저 갑니까? 참, 여기 있는 나뭇가지들이 튼튼한지는 저도 모르겠습니다. 사실 저도 이곳은 말로만 들었지, 처음이라서요."

"잠시만 기다리시오. 아무리 봐도 평범한 길 같지는 않소. 중간중간이 숭숭 뚫린 것이 불안해 보이오만은……."

"그야 당연하죠. 도인이 보시기에는 안전해 보입니까?"

"아무리 생각해도 불안하오."

"그렇죠? 위험한 길이니 안내인이 먼저 가 봐야죠. 이제 두 번 말하지 않겠습니다."

"그게 무슨 말이오?"

"저는 도운을 믿습니다."

"흠."

침음을 삼킨 수운이 떨리는 눈으로 듬성듬성 수풀이 돋아난 잔도를 바라봤다.

처음에는 몰랐지만, 보면 볼수록 위태로워 보였다.

숭숭 뚫린 바닥이 문제가 아니었다.

자칫 잘못해서 나무가 뽑힌다면 자신의 몸은 천 길 낭떠러지로 떨어질 수밖에 없는 상황.

능공허도니 허공답보니 하는 상승의 무공을 익힌 자만이 건널 수 있는 길 같았다.

물론 수운에게는 쳐다볼 수도 없는 경지였기에, 잘못하면 그대로 황천길로 가야 했다.

수운은 뒤쪽을 돌아봤다.

그곳에서는 한빈이 흐뭇한 표정으로 턱짓하고 있었다.

앞으로 가란 얘기였다.

수운도 이 길의 끝에 무엇이 있는지 궁금하기는 했다.

하지만 그것을 확인하기 위해 첫발을 내딛기에는 위험부담이 너무 컸다.

그렇게 한참을 고민하던 차였다.

갑자기 뒤쪽에서 누군가 그의 등을 떠밀었다.

툭!

내공은 실려 있지 않았지만, 제법 힘이 실려 있었다.

기우뚱하던 수운의 몸이 자연스럽게 앞으로 기울어졌다.

중심을 잡기에 이미 늦은 수운은 할 수 없이 한 걸음 내디딜 수밖에 없었다.

탁.

첫발이 나무에 닿았다.

그때였다.

뒤쪽에서 목소리가 들려왔다.

"서두르십시오. 나무가 못 견딜 것 같습니다."

"대체…….."

수운은 말을 맺지 못했다.

뒤쪽에서 이전과 같은 힘으로 그를 밀었기 때문이다.

툭.

휘청이던 그는 재빨리 다시 앞으로 한 걸음 가야 했다.

그것이 시작이었다.

뒤쪽에서 계속 밀자 수운은 반사적으로 보법을 밟기 시작했다.

자신도 깨닫지 못하는 사이에 보법을 밟은 것이다.

뒤쪽에서 그를 밀어붙인 한빈은 보법을 밟는 수운을 기분 좋게 바라봤다.

그가 펼치는 보법은 바로 무당의 유운신보(柳雲身步).

구름이 흘러가듯 몸을 움직이는 무당의 기본적인 보법으로, 가장 기본적인 보법이지만 가장 익히기도 힘들다는 보법이다.

무당의 검법과 권장법을 익히기 위해서는 필수적으로 익혀야 하는 보법이기도 하다.

하지만 유운신보는 끝을 알기 어렵다고 알려져 있다.

구름이 떠다니듯 몸을 움직인다라?

말하기는 쉬웠지만, 하늘을 떠다니는 구름을 따라 걸을 수 있다면 그것은 신선이었다.

즉, 신선이 되어야만 그 참뜻을 알 수 있다는 보법이 바로 유운신보.

수운은 지금 본능적으로 그 유운신보를 펼치고 있었다.

한빈이 뒤쪽에서 쉴 틈 없이 밀어 젖히자 살기 위해 가장 기본적인 유운신보를 펼친 것이 분명했다.

하지만 지금 수운이 펼치는 유운신보는 무당의 기본 무공이 아니었다.

유운신보의 깊숙한 곳을 깨달은 상승의 보법이라고 할 수 있었다.

한빈은 다시 손을 뻗었다.

툭.

한빈의 손에 자비란 없었다.

이렇게 가차 없이 손을 내뻗는 데에는 두 가지 이유가 있었다.

첫 번째 이유는 수운에 대한 시험이었다.

수운이 무당의 진짜 도인이었다는 것은 전생의 기억.

이번 생에는 어떻게 변해 있을지 몰랐다.

백의 수하가 수운으로 위장하고 있는 것이라면?

그것은 최악의 상황이었다.

한빈은 수운이 무당의 도인인지를 마지막으로 시험해 봐야 했다.

가장 적합한 것은 위기의 순간에 무당의 보법을 펼쳐 보게 하는 것이었다.

결론적으로 그는 무당의 사람이 맞았다.

그것도 잠재력이 뛰어난 무인.

유운신보를 지금처럼 펼치려면 기본적으로 오성이 뛰어나야 했다.

두 번째 이유는 유운에게 살길을 열어 주려 함이었다.

무당의 유운신보를 팔 성까지 깨닫게 된다면 어떤 혈겁이 닥쳐와도 살아남을 수 있다.

한빈이 미래까지 생각한 것은 아니었다.

단지 이번 영웅 대회가 끝나기 전까지 그가 살아남길 바랄 뿐이었다.

예상대로 그가 유운신보의 팔 성 이상을 깨닫는다면 그는 분명 위험을 피할 수 있을 것이다.

그것은 마치 구걸십팔보를 깨치면 삼십육계 줄행랑을 치는 데는 무리가 없는 것과 같은 이치였다.

한빈은 눈을 가늘게 뜨고 손을 뻗었다.

한빈에 보기에 조금만 더 몰아붙이면 유운신보의 팔 성에 도달할 것 같았다.

하지만 지금 자비를 두게 되면 유운의 깨달음은 여기까지가 될 터였다.

한빈의 미소가 더욱 진해졌다.

구름을 밟고 지나가듯 앞으로 나아가는 수운의 모습은 지금만큼은 신선처럼 보였기 때문이다.


　이제 수운은 한빈이 밀지 않아도 앞으로 나아가는 수준이
되었다.
　그는 낙엽 밟는 소리를 내며 앞으로 나아갔다.
　사삭.
　수운은 자신도 모르게 유운신보를 한계까지 펼치고 있었
다.
　자신의 경지를 초월해서 유운신보를 펼치고 있는 것.
　그때였다.
　수운의 앞에 끝이 보이기 시작했다.
　문제는 앞이 막혀 있다는 점이었다.
　수운은 막힌 벽을 보자 번뜩 정신 차렸다.
　뒤쪽에서는 흉신악살과도 같은 한빈이 따라오고 있었다.
　수운이 외쳤다.
　"저 앞은 막혀 있소이다!"
　"전진!"
　한빈이 외치자 수운이 떨리는 목소리로 말했다.
　"저, 저 앞은 막혀 있다고 하지 않소. 밀지 마시오."
　그의 사정에도 한빈의 손은 가차 없었다.
　"일단 전진!"
　마치 전설의 여래신장처럼 한빈이 빈틈없이 날아왔다.

그 손은 수운의 등을 막힌 벽 쪽으로 떠밀었다.

탁!

수운은 떠밀려 벽에 처박혔다.

순간 수운의 눈이 커졌다.

벽이라고 생각했는데 몸이 그 안쪽으로 빨려 들어간 것이다.

안쪽으로 떨어진 수운은 눈을 크게 떴다.

그곳은 토굴이었다.

슬쩍 앞을 바라보니 빛이 새어 나오고 있었다.

어딘가와 연결되어 있다는 말이었다.

그가 놀라고 있을 때 뒤쪽에서 목소리가 들려왔다.

"거기서 뭐 하십니까? 이것 좀 도와주시죠."

고개를 돌린 수운은 눈을 크게 떴다.

한빈이 지나온 토굴의 입구를 나뭇가지로 막고 있었기 때문이었다.

수운은 그제야 이 토굴이 막힌 것처럼 보였던 이유를 알아챘다.

나뭇가지와 수풀로 토굴의 입구를 막은 것처럼 위장한 것이었다.

수운은 자신도 모르게 물었다.

"대체 누가 신성한 무당에 이런 짓을?"

"누구긴 누굽니까? 무당의 도인들이겠죠."

"우린 이딴 걸 만든 적이 없소."

"나중에 무당의 장로분들께 직접 물어보시죠."

"장로? 그게 무슨 말씀이시오?"

"일단 그 전에 깨달음부터 정리하시죠."

"난데없이 깨달음이라니 그게 무슨 말이오?"

"방금 유운신보를 펼치지 않았습니까? 제가 보기에는 유운신보의 구 성 정도까지는 끌어올린 것 같은데……."

"헉!"

수운이 비명을 질렀다.

자신이 숭숭 뚫린 잔도를 건너왔다는 것을 그제야 깨달은 것.

그는 재빨리 가부좌를 틀고 앉았다.

한빈이 말한 대로 깨달음을 정리하기 위해서였다.

그는 자신이 걸어온 잔도를 떠올렸다.

그러고는 그곳에 자신의 흔적을 새겼다.

떠밀려서 펼친 유운신보가 아닌 자신이 주도적으로 펼친 유운신보의 흔적을 말이다.

처음에는 흐릿했던 모습들이 점점 뚜렷해지자 수운은 조금 더 집중했다.

아마도 지금 깨달은 것은 유운신보의 구 성 정도가 될 것이었다.

유운신보를 구 성 이상 깨달은 제자는 수운과 같은 배분에서는 존재하지 않았다.

수운은 살짝 욕심이 생겼다.

조금만 더 노력한다면 유운신보를 극성까지 깨달을 수도 있을 것 같았다.

한참을 집중하고 있을 때였다.

갑자기 묘한 소리가 귀청을 때렸다.

짝.

순간 등에서 통증이 느껴지자 수운은 반사적으로 눈을 떴다.

그의 앞에는 한빈이 활짝 웃고 있었다.

수운을 보며 웃고 있던 한빈이 말을 이었다.

"되새김질은 거기까지 하죠."

"허."

수운이 허탈한 표정으로 탄식했다.

그도 그럴 것이, 조금만 더 시간이 있었다면 유운신보의 극성을 깨달았을지도 모르는 일이었다.

수운의 표정을 본 한빈이 말을 이었다.

"이제 시간이 없습니다."

"아무리 그래도 무인의 깨달음을 방해하다니, 어찌 그런 일을…… 어떻게 책임질 것이오?"

"책임이라니요? 제가 준 깨달음입니다."

"그야 그렇지만…… 이건 도리가 아니오."

"유운신보는 구 성이면 충분하지 않습니까? 시간 없으니 일단 여기서 나시죠."

한빈은 빛이 들어오는 토굴의 반대쪽을 가리켰다.

수운은 할 말이 없었다.

상대는 그가 깨달은 경지까지 완벽하게 꿰뚫고 있었다.

수운은 포기하고 조용히 토굴의 입구를 확인했다.

앞으로 걸어가려던 수운은 멈칫했다.

잠시 머뭇거리던 그는 고개를 돌려 조심스럽게 한빈을 바라봤다.

"나가기 전에 부탁이 하나 있소."

"말씀해보시지요."

"한 번만 더 밀어 주시면 안 되겠소?"

수운은 아직도 아쉬운 듯 보였다.

그가 간절한 눈빛을 보내자 한빈이 한숨을 내쉬었다.

"휴."

"무리한 부탁을 했나 보오. 죄송……."

그는 말을 맺지 못했다.

한빈이 그의 등을 힘껏 밀었기 때문이다.

하북팽가의 무공인 혼원벽력장이었다.

가문 최고의 장법으로 수운의 등을 밀친 한빈은 밖으로 떠밀려 나간 수운을 바라봤다.

물론 걱정하지는 않았다. 한빈의 혼원벽력장에는 내력이

전혀 담겨 있지 않았다.

　순수한 힘으로만 수운의 등을 친 것이다.

　파박.

　토굴 밖으로 나간 수운이 비명을 질렀다.

　"앗!"

　뒤를 이어서 한빈이 뛰어나갔다.

　한빈은 밖으로 나가서 주위를 둘러봤다.

　토굴의 주위에는 제법 많은 사람이 모여 있었다.

　모두가 한빈을 보며 반가워하고 있었다.

　설화가 한빈의 앞으로 달려오며 외쳤다.

　"공자님! 왜 그렇게 늦으셨어요? 그리고 왜 땅속에서 나와
요?"

　"그럴 이유가 있었다."

　"저희 모두 공자님을 많이 기다렸어요."

　"옛 성현이 이르기를, 가까운 길도 돌아가라는 말이 있지
않으냐?"

　"아, 그랬구나. 그게 깨달음의 방법인 거죠? 그럴 줄 알았
으면 저희도 돌아서 올걸."

　설화가 아쉬운 듯 입맛을 다셨다.

그 뒤로는 심미호가 곡괭이를 들고 나왔다.

"주군, 이렇게 쉬운 길이 있었으면 제가 괜히 땅을 팠잖아요."

"그리 쉬운 길은 아니었어. 아마 여기 있는 사람들이 몰려서 건넜다면 버티지 못했을 거야, 심 부대주."

"나중에 저 좀 데려가 주세요. 어떤 길인지 확인해 보고 싶어요."

"그래, 나중에 꼭 보여 주지, 심 부대주."

"일단은 주군이 지시한 대로 필요한 사람은 다 모아 놨어요."

"그래, 어디 보자……."

한빈은 천천히 한 명씩 확인했다.

설화와 한 묶음처럼 다니는 청화와 소군이 온 것은 당연했고, 그 뒤로 이무명이 눈을 빛내며 서 있었다.

이무명의 뒤에는 악필승이 불만 가득한 표정으로 먼 산을 보고 있었다.

한빈이 바라보자 악필승은 한걸음에 달려왔다.

"공자님! 왜 이제야 오십니까?"

"고생 많았어. 내가 아까 어르신께 말해 놨으니 이제 중이 될 걱정은 안 해도 될 거야."

"그럼 해결된 건가요?"

"그래. 그런데 왜 어르신의 제안을 거절한 거야? 악 각주."

"저는 음식을 할 때가 가장 좋습니다. 하북팽가의 조향각은 제게는 고향과 같은 곳이고요. 이제는 그곳을 떠나기 싫습니다. 그런데 갑자기 중이 되라니, 그게 말이나 됩니까?"

"내가 생각하기에는 기연인데……."

"기연이라니요? 말도 마십시오. 만약에 제가 끌려갔으면 땡중만 아니라 그 제자도 삼시 세끼를 다 해 먹였어야 했을 겁니다."

"악 각주, 혹시 그 어르신의 제자가 누군지는 알아?"

"알아서 뭐 합니까? 작은 땡중이겠죠."

"음, 그럼 하북팽가에 남기로 한 결정에 대해서 후회는 없다는 거지?"

"당연합니다, 공자님."

"진짜 후회 안 하지? 악 각주가 원한다면 떠나도 좋아."

"공자님, 아니 주군! 왜 자꾸 저를 버리려고 하십니까!"

악필승은 자신도 모르게 목소리를 높였다.

소림에서 이곳까지 늙은 중과 함께한 모든 순간이 그에게는 고통이었다.

늙은 중의 신분이 무엇이든 그것은 중요하지 않았다.

악필승은 어깨를 가볍게 떨었다.

진저리를 치는 그의 모습에 한빈이 피식 웃었다.

한빈의 표정에 악필승이 물었다.

"왜 그렇게 보십니까? 표정이 이상합니다, 주군."

"다른 건 아니고……. 어르신의 제자가 일지대사라는 것을 말해 주고 싶었어, 악 각주."

"알고 있습니다."

"알고 있는데 일지대사의 제자가 되는 것을 거부했다고?"

"동명이인이겠죠. 아마도 그 땡중은 소림에 숨어든 사파의 고수일 겁니다. 그러니 그 제자도 사파겠죠. 아니면 서방 어딘가의 고수이거나."

악필승이 손짓으로 어딘가를 가리켰다.

그곳은 서쪽이었다.

그때 뒤쪽에서 구경하던 수운이 다급하게 끼어들었다.

"그 말이 맞소. 내가 보기에는 서방의 고수라는 광천삼마 중 한 명이 분명하오. 그것도 내기에 미쳤다는 투마 말이오. 그렇지 않고서야 그런 살기를 피워 낼 수 있을 리가 없소."

갑자기 목소리를 높인 수운 때문에 갑자기 주변은 고요해졌다.

그들은 고개를 갸웃하며 수운을 바라봤다.

대부분은 갑자기 끼어든 그를 보며 고개를 갸웃하고 있었다.

갑자기 쏟아진 시선에 수운이 어색하게 말을 이었다.

"나는 무당의 산문을 책임지고 있는 수운이라고 하오."

"소개 안 해도 다 알고 있습니다. 일단 이쪽으로 오시지요, 도인."

한빈이 수운의 소매를 잡아끌었다.

살짝 뒷걸음친 수운이 어이가 없다는 듯 한빈을 바라봤다.

"소협은 그 노인의 정체를 알고 있을 것 같소만……. 제 추측이 맞지 않습니까? 분명 소림의 승려는 아닐 것이오."

"그분은 수운 도인이 생각하는 그런 분이 아닙니다."

한빈이 손을 내젓자 수운이 힐끔거리며 주변을 살폈다.

"그러고 보니 다른 이들도……."

말을 멈춘 수운이 주변을 돌아봤다.

한참을 돌아보던 수운이 어딘가를 가리켰다.

"저기, 저 아이!"

수운이 가리킨 것은 청화였다.

그가 다시 누군가를 보고 손짓했다.

"그리고 저 사람과 저 사내!"

계속해서 사람들을 가리킨 수운이 떨리는 목소리로 말을 이었다.

"다 한통속이었소? 왜 날 속였소?"

"저는 속인 적이 없습니다."

한빈이 고개를 젓자 수운이 다시 말을 이었다.

"판돈을 들고 왔다 갔다 하던 저 사내까지 모든 게 가짜인데, 속인 적이 없다는 것이 말이 되오?"

수운이 가리킨 것은 바로 청화.

판돈을 들고 가던 청색 무복의 덩치 작은 사내가 바로 청화였던 것이다.

수운이 기가 막히다는 표정으로 보자, 한빈이 피식 웃었다.

"아까 제 수하들이 내기판을 관리하고 있다고 말씀드렸지 않습니까?"

"허허, 얘기는 했지만……. 그럼 투마라고 짐작되는 고승의 정체가 뭐요? 그자도 소협의 수하요?"

"제 수하는 아닙니다. 아마 그분의 진짜 정체를 알게 된다면 한바탕 소란이 일어나겠지요."

"그럼 그분의 정체가 뭐란 말이오? 혹시 아까 한 말이 진짜였소?"

"악 각주에게 얘기했듯, 그분은 일지대사의 하나밖에 없는 사부입니다."

"그러니까……. 어느 절의 일지대사를 말함이오? 내가 아는 일지란 법명은 대충 열은 넘을 듯하오."

"소림의 일지대사입니다."

"소림의 일지라면……."

"무림삼존 중 일존이라 불리는 그분 말입니다."

"헉, 그런 말도 안 되는 소리를……."

"맞습니다."

한빈이 씩 웃으며 고개를 끄덕이자 주변이 술렁이기 시작했다.

심미호와 이무명은 서로를 바라보며 눈짓으로 의견을 교환했다.

　그 옆에 있던 악필승은 넋이 나간 듯 천천히 한빈 쪽으로 걸어왔다.

　"진짜입니까? 주군."

　"왜 그렇게 놀랍니까? 악 가주?"

　"그럼 제가 무림삼존 중 하나인 일지대사의 제자가 될 뻔했단 말씀이십니까?"

　"그렇습니다, 악 각주."

　"여기까지 일지대사의 사부와……."

　"후회되십니까? 지금이라도 늦지 않았습니다. 기회는 아직 있습니다."

　"……."

　악필승은 바로 답하지 않았다. 대신에 고민하는 듯 관자놀이를 지그시 눌렀다.

　그 시간은 그리 길지 않았다.

　고민을 끝낸 악필승이 말했다.

　"싫습니다."

　"천하제일인의 제자가 되고 싶지 않다고요? 악 각주, 진심입니까?"

　"고수의 제자가 되면 뭐 합니까? 온종일 밥만 할 텐데요. 차라리 조향각에서 제가 원하는 음식을 마음껏 요리하는 게

편합니다."

"득도하셨군요, 악 각주."

"그만큼 힘들었습니다."

악필승의 눈에는 살짝 이슬이 맺혀 있다.

그들의 대화에 놀란 수운이 다시 한 발 나섰다.

"대체 지금 무슨 얘기를 하고 계시는 것이오?"

"이건 악 각주의 개인사라 말씀드리기가 그렇고……. 일단 인사 나누시지요. 여기는 제 수하들입니다."

한빈은 아무렇지 않게 주위를 가리켰다.

수운은 고개를 갸웃하며 주변을 둘러봤다.

"흠."

그가 헛기침하며 청화를 바라봤다.

청화는 이미 남장을 벗어던지고 소녀로 돌아와 있었다.

수운이 신기하게 생각하는 것은 그 속도였다.

눈 깜짝할 사이에 사내에서 여자아이로 변한 것.

수운이 뚫어지라 바라보자 청화가 먼저 말을 건넸다.

"왜 그렇게 보세요?"

"아무것도 아니다."

"눈빛이 이상한데요. 그런 눈빛을 한 아저씨들은 대부분은……."

"그만하거라. 날 이상한 사람처럼 취급하지 말아라."

수운이 화들짝 놀랐다.

어떤 오해를 받는지 뻔했기 때문이다.

잔뜩 긴장한 수운의 모습에 청화가 고개를 갸웃했다.

"그런 눈빛으로 저를 본 아저씨들은 하나도 빠지지 않고 용돈을 줬어요."

"용돈이라 했느냐?"

"도사 아저씨도 제가 용돈을 주시려는 거죠? 아까 저 때문에 위기에서 벗어났으니, 보답을 하시려는 것 같아서요. 아닌가요?"

손을 내미는 청화의 모습에 수운이 입을 벌렸다.

동시에 수운의 손은 품 안으로 향했다.

마치 최면에라도 걸린 것처럼 말이다.

이상한 오해를 받으니 돈을 쥐여 주는 것이 차라리 나았다.

하지만 긴장한 탓인지 돈을 잘못 꺼냈다.

철전을 꺼내려 했는데 손에 은전이 딸려 나온 것이다.

수운의 손에 잡힌 은전이 갈피를 못 잡다가 청화의 손바닥을 향해 떨어졌다.

이것도 의도한 것은 아니었다.

무당의 도사가 은전 한 닢을 개인적으로 모으려면 반년이 걸린다.

무소유를 주창하는 무당의 기본 도리 때문이었다.

힘없이 떨어지는 은전은 수운의 마음과 똑같았다.

획.

그때였다.

떨어지던 은전이 허공에서 감쪽같이 사라졌다.

가장 놀란 것은 수운이었다.

순간 한빈의 목소리가 들렸다.

"청화야, 장난은 거기까지……."

"네, 공자님!"

청화가 빙긋 웃자 한빈이 수운에게 은전을 돌려줬다.

모든 게 장난이라는 것을 알게 된 수운은 자신도 모르게 헛기침했다

"험!"

그 모습에 여기저기서 웃음이 튀어나왔다.

웃음 중에서 두드러진 소리가 있었다.

"허, 허, 허!"

그 목소리에 가장 먼저 반응한 사람은 다름 아닌 한빈이었다.

한빈의 신형이 바람처럼 움직였다.

모두의 시선이 한빈을 따라가다가 멈췄다.

한빈이 멈췄기 때문이다.

그가 멈춘 곳은 커다란 바위 앞이었다.

한빈은 바위를 보고 눈을 가늘게 떴다.

"어서 나오시죠!"

한빈의 외침에 모두는 고개를 갸웃했다.

마치 한빈이 착각하고 있다는 표정으로.

그도 그럴 것이, 바위 쪽에서는 아무런 기세도 느껴지지 않았다.

뒤쪽에서 보고 있던 수운이 외쳤다.

"소협, 거기서 뭐 하시오?"

"집 나간 늙은 소를 찾고 있습니다."

"소가 거기에 왜 있단 말씀이오?"

"그야 저도 모르지요."

한빈이 어깨를 으쓱할 때였다.

그림자 하나가 바위 뒤에서 튀어나왔다.

튀어나온 그림자는 햇빛을 등지고 서서 환하게 웃고 있었다.

"지금 나보고 소라 했느냐? 고약한지고. 하하."

그는 다름 아닌 무영이었다.

무영을 본 한빈이 미간을 좁혔다.

"어르신인지 몰랐습니다."

"몰랐다고 했느냐? 누가 봐도 뻔히 아는데 시치미를 떼는 것이냐!"

"저는 그리 생각하지 않았지만, 어르신이 그렇다면 그런 것이지요. 불가의 말에 모두의 마음속에 부처가 있고 삼라만상이 있다 하지 않았습니까?"

"흠, 말싸움에는 지는 법이 없군. 그놈과 똑같아도 너무 똑같아."

"그놈이 대체 누굽니까?"

"알 것 없다."

"그런데 어르신, 부탁드린 일은 어떻게 하고 오셨습니까?"

"여기 오면 안 되는 사람처럼 말하는군. 서운하네."

"당연히 여기 있으면 안 되지요. 휴."

한빈은 한숨을 쉬며 조용히 하늘을 올려다봤다.

이곳에 오기 전 한빈은 무영에게 가능한 한 빨리 그의 제자인 일지대사를 찾아오라고 부탁했다.

내기에서 이긴 대가로 부탁한 첫 번째 일이었다.

제자를 찾아 무당산으로 와 달라는 부탁에도 무영이 다시 한빈의 앞에 나타난 상황.

그러니 난감할 수밖에 없었다.

한빈에게는 일지대사의 사부인 무영이 아니라 일지대사 본인이 필요했기 때문이다.

얼굴을 찌푸린 한빈을 본 무영이 말을 이었다.

"자네 부탁이라면 이미 해결했네!"

"해결했다니요? 그게 무슨 말입니까? 어르신의 제자는 어디 있습니까? 이번 일에는 어르신의 제자가 꼭 필요합니다."

"자네가 부탁한 일은 지나가는 거지에게 맡겼네."

"지나가는 거지라니요?"

"개방의 분타주라고 하더구나. 광개라고 했던가?"

"진짜 그 친구에게 일을 맡겼습니까?"

"사람 말을 못 믿나?"

한빈을 쏘아보는 무영.

조용히 고개를 돌린 한빈은 어딘가를 바라봤다.

한빈이 바라보고 있는 것은 용린검법 실력편의 구결들이다.

순간, 지(智)의 구결이 서서히 없어지기 시작했다.

지금 한빈은 경우의수를 계산하고 있었다.

일지대사를 찾는 데 누가 더 쓸모 있냐를 고민 중이었다.

무영과 개방의 광개?

지의 구결을 사용해서 예측한 결과는 간단했다.

둘 중 하나를 택하라면 역시 개방이었다.

문제는 일지대사를 찾는다고 해도 여기까지 오라 설득하는 것은 개방으로 부족하다는 것이다.

"제가 부탁드린 일은 어르신만이 하실 수 있는 일입니다."

"그깟 일로 내가 나선다고?"

"가벼운 일이 아닙니다. 일지대사를 설득할 수 있는 건 어르신뿐입니다."

"그런데 내 제자보다는 내가 더 낫지 않겠나? 무공으로 보나 외모로 보나, 내가 못할 것은 없네만은……."

"허!"

한빈이 어이없다는 표정으로 탄성을 흘릴 때였다. 옆에 있던 악필승이 웃음을 터뜨렸다.

"푸읍."

황급히 입을 막았지만, 무영의 눈은 예리했다.

"자네 웃었나?"

"아닙니다."

"분명히 웃었는데……."

무영이 노려보자 악필승이 한빈의 뒤로 숨었다.

그 모습에 한빈이 나섰다.

"이건 웃음이 아니라 본능입니다. 그리고 지금 문제는 그게 아닙니다."

"그럼 뭐가 문제인가?"

무영이 고개를 갸웃하자 한빈이 말을 이었다.

"저는 일지대사가 필요하지, 어르신이 필요한 게 아닙니다."

"내가 더 쓸모 있다고 몇 번을 설명하지 않았나?"

"제가 원하는 건 일지대사가 가지고 있습니다."

"내 제자가 가지고 있는 물건이라면……."

"무극령입니다. 정의맹에서 정파의 일존에게 맡겨 놓은 신물 말입니다."

한빈은 무극령이란 단어에 힘을 주었다.

무극령은 정의맹의 상징이었다.

무극령은 정파가 다른 힘이 좌지우지되지 않도록 만든 안전장치였다.

정의맹은 무극령을 일지대사에게 맡겼다.

만약에 정의맹이 다른 길로 빠진다면, 무극령을 사용해 바른길로 인도해 달라는 뜻이었다.

하지만 무극령이 세상에 드러난 적은 한 번도 없었다.

모습을 드러내지는 않았어도 무극령은 정의맹의 상징과도 같은 존재로 군림해 왔다.

그것을 지닌 이의 명령은 정파인들에게 절대적이다.

정확히 말하면 일지대사가 아니라, 일지대사가 지닌 무극령이 필요했던 것.

한빈의 말에 여기저기서 술렁이기 시작했다.

대부분이 갑자기 튀어나온 무극령이란 단어에 놀라는 분위기였다.

그도 그럴 것이, 무극령은 권력의 상징이면서 단죄의 상징이기도 했다.

단죄할 일이 없다면 드러낼 일이 없는 신물.

모두가 웅성거리고 있을 때였다.

무영이 품속에서 순백색의 패를 하나 꺼냈다.

그 패 위에는 아무것도 쓰여 있지 않았다.

백옥을 반들거리게 깎아 놓으면 그런 모양이 될 것 같았다.

무영은 순백의 패를 들어 올렸다.

"혹시 이것을 말하는 것이냐?"

"……."

아무도 답하는 자는 없었다.

그 패가 무엇을 의미하는지를 아는 자가 없었기 때문이다.

오직 한빈만이 눈을 가늘게 뜨고 순백의 패를 바라보고 있었다.

한빈은 지금 상황이 믿기지 않았다.

일지대사를 원한 것은 무극령 때문인데, 그것을 그의 사부가 가지고 있으니 말이다.

한빈은 전생에 무극령을 딱 한 번 봤다.

아마 현생에서는 저 무극령을 본 자가 아무도 없을 터.

무극령은 이번 계획에 있어서 마지막 탈출구가 될 것이었다.

이제 계획대로 밀어붙이는 일만 남았다.

그때 무영이 입을 열었다.

"혹시 이게 대단한 물건이더냐?"

"쓰기에 따라서는 대단한 물건이 맞습니다."

"흠, 그럼 얼마나 값이 나갈지도 알겠지?"

"그 값은 이미 치른 것으로 알고 있습니다."

"언제 이 값을 치렀더냐?"

"내기에서 말입니다."

"나는 내기에서 져서 두 가지 부탁을 들어주기로 했다. 첫 번째는 내 제자를 무당으로 데려오는 것이고 두 번째는 저 친구에게 내 사손이 되라 강요하지 않은 것이다. 그러니 이 물건에 대한 값은 따로 치러야겠구나."

"흠, 진심입니까?"

"진심이다."

"무엇을 원하십니까?"

"내 제자가 되어라. 이제야 하는 말이지만, 얼마 전 네 모습을 꿈에서 봤다. 이 모든 것이 부처님의 계시가 아니고서 무엇이겠냐?"

무영의 말에 주변이 웅성거리기 시작했다.

멀리서 지켜보던 설화는 고개를 갸웃했다.

설화는 자신도 모르게 한 발 앞으로 나갔다.

한빈을 말리기 위해서였다. 왠지 이번만큼은 한빈이 속는 것 같아서였다.

그때 청화가 설화의 소매를 잡았다.

힐끔 돌아본 설화는 자신의 실수를 깨달았다.

지금은 한빈과 무영의 협상 과정이기에 자신이 끼어들어서는 안 되었다.

설화는 대신 청화에게 물었다.

"진짜일까?"

"에이, 저 할아버지를 보면 거짓말을 밥 먹듯 할 것 같은데요. 언니."

청화가 눈을 가늘게 뜨고 무영을 바라봤다.

사실 청화의 눈에는 무영이 땡중으로 보였다.

처음 볼 때부터 사기꾼 같았다.

물론 설화도 마찬가지다.

옆에 있던 소군도 언니들의 대화에 고개를 끄떡이다가 한마디 거들었다.

"제가 보기에는 저 할아버지가 꺼낸 거 분명히 가짜예요. 공자님이 속고 계신 거예요. 진짜 무극령이라면 아무렇지 않게 저렇게 꺼냈겠어요?"

"너는 저게 가짜라고 생각하는 거야?"

청화가 눈을 크게 뜨자 소군이 말을 이었다.

"언니들, 무극령 본 적 있어요?"

"나야 없지."

"설화 언니는요?"

"나도 없어. 그걸 어떻게 봐. 아마도 무극령을 본 사람을 찾는 건 불가능할걸."

"그러니까요. 공자님도 못 봤을 거 아니에요."

"오호, 우리 소군이 많이 컸네."

설화가 기특한 듯 소군의 머리를 쓰다듬었다.

그 옆에서 대화를 지켜보던 악필승과 심미호도 고개를 끄덕였다.

그녀들의 대화에 수긍하고 있다는 표시였다.

그들이 웅성거리고 있는 동안에 한빈은 무영의 질문에 답하지 않았다.

대신 눈을 가늘게 뜨고 고민하는 표정을 지었다.

순간 한빈의 표정이 바뀌었다.

마치 문제가 해결되었다는 듯 시원한 표정을 지은 한빈이 다시 입을 열었다.

"자, 이제부터 협상을 시작하시죠."

말을 마친 한빈은 주변에 기막을 쳤다.

누가 봐도 은밀한 이야기를 나누자는 신호였다.

그 모습에 무영이 고개를 갸웃하며 물었다.

"지금 협상이라고 했느냐?"

"네, 협상입니다. 일단 중요한 것은 그 무극령의 진위입니다. 솔직히 그게 진짜라는 증거 있습니까?"

"증거라면 충분하지. 내가 일지의 사부라는 것이 첫 번째 증거요, 이걸 내가 일지로부터 가져왔다는 것이 두 번째 증거니라."

"그러니까, 일지대사의 사부라는 증거가 있냐는 말씀입니다."

"그야 내 무공이……."

"여기에서 일지대사의 무공을 본 사람이 있을 것 같습니까? 어르신이 어떤 초식을 보여 줘도 우리는 수긍하지 못할 겁니다. 이곳에는 일지대사를 본 사람이 없으니까요."

한빈이 주위를 가리켰다.

그것은 사실이었다. 한빈도 전생에 한 번 봤을 뿐이었다.

아마도 이곳, 아니 무당산에 모인 영웅을 다 살펴봐도 일지대사를 본 이는 없을 것이다.

그런데 일지대사와 그의 사부의 관계를 어떻게 알겠는가?

사실 한빈이 이렇게 쏘아붙일 수 있는 것은 청화와 소군의 대화 덕분이었다.

그들의 대화에서 지금 무영의 약점을 찾아낸 것이다.

무영은 당황한 듯 콧김을 내뿜기 시작했다.

그 모습에 웃음을 머금은 한빈이 다시 말을 이었다.

"그리고 설령 사부라는 증거가 있다고 해도 그것이 무극령이라는 증거는 없지 않습니까?"

"자네 지금 무슨 말을 그리……."

"제 생각이 그렇다는 말입니다. 대신!"

한빈이 손바닥을 보이며 하얀 이를 드러냈다.

그 모습에 무영이 불만 가득한 표정으로 물었다.

"또 무슨 말을 하려는 겐가?"

"그래서 제가 제안을 하나 할까 합니다."

"얼른 말해 보게."

"제가 드린 부탁 중 하나를 취소하고, 그 부탁 대신 무극령을 빌려주시는 게 어떻겠습니까?"

"지금 내 제자를 찾아오라는 부탁을 취소하겠다는 건가? 그건 아니 되네. 나는 개방의 광개라는 친구에게 벌써 대가를 치렀네."

무영이 정색하자 한빈은 고개를 끄덕였다.

이미 예상했던 일이었다.

광개가 아무 대가 없이 움직일 친구는 아니었으니까.

"다른 부탁을 취소하겠습니다."

"그럼 어떤 부탁을……."

"우리 악 각주를 가져가시죠."

"그럼 사손이 되라 강요하지 않겠다는 약속을 철회해도 좋다는 말이렷다."

"그렇습니다."

"오호."

무영이 눈을 반짝였다.

그가 보기에 악필승은 탐나는 인재였다.

여기서 물러나고 차후에 한빈을 제자로 들이게 되면 일석이조.

무영이 고개를 끄덕이자 한빈이 펼쳤던 기막을 거두었다.

뒤쪽을 돌아보니 모두가 고개를 갸웃하고 있었다.

조용히 일행을 돌아보던 한빈의 시선은 악필승에게 멈췄다.

시선이 마주친 악필승이 한빈에게 물었다.

"혹시 제게 지시하실 일이라도……."

한빈은 이번에도 기막을 펼쳤다.

그러고는 은밀한 목소리로 말했다.

"악 각주, 미안합니다. 잠시 저 어르신 옆에 계십시오."

"그게 무슨 말씀입니까?"

"저 어르신을 좀 감시해 주십시오. 아주 철저히!"

악필승이 힐끔 한빈의 어깨 너머를 바라봤다.

그곳에서는 무영이 활짝 웃고 있었다.

조금 전까지만 해도 잔뜩 찌푸렸던 얼굴이 마치 대나무의 표면처럼 반들반들 펴져 있었다.

악필승은 한빈과 무영 사이에 어떤 대화가 오갔는지 알 수 없었다.

물론 무영이 만족하고 있다는 것은 악필승도 알 수 있었다.

하지만 부담스러운 것은 사실이었다.

"제가 저 땡중, 아니 어르신을 감시해야 한다고요?"

"왠지 내켜 하는 표정이 아니군요."

"솔직히 다시 중이 되라고 할까 봐 무섭습니다."

"설마요."

"워낙 괴팍한 노인네라서 말입니다. 주군이야 얼마 안 봤지만, 저는 이곳에 오면서 쭉 시달렸습니다."

"이제는 상황이 바뀐 거죠."

"상황이 바뀌다니요?"

"제가 말하지 않았습니까? 악 각주의 역할 말입니다."

"감시자 역할을 말씀하시는 겁니까?"

"네, 그렇습니다. 그런데 뭐가 걱정입니까? 감시자가 왜 눈치를 봅니까? 그냥 편하게 감시하십시오. 옆에 딱 붙어서 말입니다. 제가 동행을 허락하긴 했지만, 악 각주 말대로 마음을 놓을 수 없는 분입니다. 그러니 딱 붙어서 감시해 주십시오. 사소한 것 하나까지 놓쳐서는 안 됩니다."

"아, 알겠습니다."

한빈에게 포권한 악필승은 안심이 되지 않는지 계속 눈치를 살폈다.

그 모습에 한빈이 웃으며 악필승의 어깨를 토닥였다.

한빈은 기막을 풀고 무영의 옆으로 다가갔다.

무영이 고개를 끄덕이며 희미하게 웃자 한빈은 고개를 돌려 악필승을 보고는 손짓했다.

악필승이 방아깨비처럼 튀어 한빈의 곁으로 다가왔다.

한빈이 웃으며 입을 열었다.

"악 각주, 무당산에 있는 동안 여기 계신 어르신을 잘 모시도록."

"명 받들겠습니다."

악필승이 정중하게 포권하자 무영이 얼굴 가득 미소를 지었다.

한빈은 품에 넣은 무극령을 다시 한번 확인한 후 수운을 바라봤다.

"자, 출발하시죠."

"어디로 출발하라는 말씀입니까?"

수운이 묻자 한빈이 아무렇지 않게 답했다.

"무당에서 가장 중요한 보물을 숨길 만한 곳으로요."

"음."

"오늘 하루만입니다. 제가 그 안에 무엇을 하겠습니까? 그리고 여기 계신 무영대사 님을 못 믿으시는 겁니까?"

"아무리 봐도……."

"못 믿으시겠다면……. 뭐, 계약서에 적힌 내용대로 하죠."

"아, 알겠소이다."

수운이 할 수 없다는 듯 앞장섰다.

수풀 사이를 빠져나가려던 수운이 멈칫했다.

"여기부터는 눈에 잘 띌 텐데 저쪽 길로 가는 것이 어떠하오?"

"괜찮습니다. 숨어 다니는 것이 더 이상합니다."

"숨어 다니는 게 이상하다니 그게 무슨 말이오? 무당을 염탐하러 왔으면 숨어야 하는 것이 아니오?"

"염탐이 아니라 구경이라고 해 두죠. 저기를 보시죠."

"뭘 말이오?"

"저 속에 우리가 끼어 있다 한들 누가 알아보겠습니까?"

한빈이 가리킨 곳에서는 무당의 제자와 상인 들이 정신없이 수레를 이용해 식자재를 옮기고 있었다.

그뿐이 아니었다.

무당의 제자들은 영웅 대회에 참석한 강호인들을 숙소로 안내하고 있었다.

한빈은 아무렇지 않게 수풀에서 폴짝 뛰어나왔다.

그 뒤를 이어 일행들이 모두 밖으로 나왔다.

정신없이 움직이는 무당의 제자들은 한빈 일행에게 눈길조차 주지 않았다.

그 모습에 수운이 기가 찬 듯 웃었다.

가만히 생각해 보면 자신보다 한빈이 무당의 상황을 더 아는 듯 보였다.

수운은 한빈의 말대로 아무렇지 않게 천천히 걸어갔다.

무당파의 도인인 수운을 뒤따르는 한빈 일행은 전혀 어색해 보이지 않았다.

앞장서서 천천히 걷는 수운을 알아본 무당의 제자들이 눈인사한다.

수운도 아무렇지 않게 눈인사를 했다.

그러면서도 뒤쪽을 힐끔 돌아 한빈을 확인했다.

대낮에 이리 활보하는 것을 보면 그리 큰일이 일어날 것 같지도 않았다.

한빈이 말했던 보물이 마음에 걸리긴 했다.

하지만 걱정은 되지 않았다.

보물이 있을 만한 곳은 영웅 대회 동안 경계를 몇 배나 강화해 놓은 상태.

그곳까지 안내한다고 해도 들어갈 수는 없을 터였다.

아마 그곳을 지키고 있는 무당파의 제자들을 보는 순간, 포기하고 돌아설 것이 분명했다.

수운이 혼자 들어간다고 해도 허락하지 않을 터였다.

천천히 걷다 보니 햇볕이 점점 줄어들었다.

전각들이 점점 높아지고 있다는 뜻이었다.

그들의 눈앞에는 지금 육 층 전각이 나란히 서 있었다.

그 끝에는 구 층 전각이 떡하니 버티고 있었다.

구 층 전각이 보이는 순간 수운이 걸음을 멈췄다.

"바로 저곳입니다."

"저곳에 보물이 있다는 것입니까?"

"네, 저곳이 바로 우리 무당의 명물인 태극 서고입니다. 저 서고에는 무당의 태청단을 비롯한 천고의 영약부터, 장삼봉 조사님이 직접 쓰신 태극혜검의 비급까지 보관되어 있습니다."

"태청단이나 태극혜검이라면 강호인들에게 알려진 보물이 아닙니까? 그런 보물 말고 조금 더 은밀한 걸 보관할 만한 곳이 있습니까?"

"은밀한 거라면……."

"장물 같은 거 말입니다."

"허, 지금 무당을 모욕하는 겁니까?"

"꼭 무당의 제자가 장물을 숨겨 놓으라는 보장이 있습니까?"

"그럼 누가 무당에 보물을 숨긴다는 얘기입니까?"

"그야 지금부터 알아봐야죠."

"흠."

"혹시 무당에서 제일 인적이 드문 곳이 어디인지 아십니까?"

"인적이 드문 곳이라면……."

수운은 팔짱을 끼고 잠시 생각에 빠졌다.

잠시 생각하던 수운이 말을 이었다.

"그야, 우리 무당의 성지가 아니겠소. 무당의 성지 중 해검지를 제외한 향로봉을 비롯해서 만해굴은 철저히 외부인을 통제하고 있으니 말이오."

"그래도 성지에는 무당의 제자들은 드나들겠죠?"

"그야 당연하지 않겠소. 그중 향로봉에서는 원로들이, 만해굴에서는 평제자들이 아침마다 공양을 드리오."

"그럼 그곳은 아니겠군요."

"소협은 대체 어떤 장소를 찾고 있는 게요?"

"가장 한산한 곳을 찾고 있습니다. 무당 혹은 강호인들이 거들떠보지도 않을 곳 말입니다."

"그런 곳이 무당에 있단 말이오? 내가 알기로는 무당에 그런 곳은 없소."

"아니, 있을 수 있습니다. 예를 들면 무당에서 쓸모없는 서적이나 병장기를 모아 놓는 헛간 같은 곳 말입니다."

"헛간 같은 곳이라면 분명히 있긴 있소만은……. 그곳에는 보물은커녕 보물의 그림자도 없소이다."

"그럼 그곳으로 저를 안내해 주시죠."

"그곳은 가나 마나요. 영웅 대회가 열리기 전부터 그쪽은 아무도 출입하지 않았으니 말이오."

"제가 원하는 곳이 바로 그런 곳입니다. 보물을 숨기기에는 딱 좋은 곳이죠."

"보물을 왜 그런 곳에 숨긴다는 말이오?"

"도인, 잘 생각해 보십시오. 누구나 알 수 있는 곳에 보물을 숨기고 경비를 강화하는 것이 좋겠습니까? 아니면 아무도 모르는 곳에 보물을 숨기고 모른 척하는 것이 좋겠습니까?"

"그야……."

수운은 답할 수 없었다.

분명히 후자가 보물을 숨기기에는 좋았다.

하지만 아무리 그래도 보물을 쓸모없는 물건을 쌓아 놓는 창고에 보관한다고?

이건 애초에 말이 되지 않는 이야기였다.

잠시 고민하던 수운이 조심스럽게 입을 열었다.

"그곳의 이름은 폐품관이오. 폐품을 모아 두는 곳이라고 해서 폐품이란 이름을 붙였다오. 그뿐이 아니오. 처음에는 그곳을 관리하는 관리자가 있었지만, 지금은 그 필요성조차 느끼지 못해 관리자도 없다오. 그래도 가시겠소?"

"제가 찾던 곳이 맞습니다. 그곳으로 안내해 주시죠."

한빈이 활짝 웃자 수운은 눈을 가늘게 떴다.

수운의 눈빛은 의심을 한가득 담고 있었다.

그도 그럴 것이, 무당의 제자들은 폐품관의 이름조차 거론하지 않았다.

무인에게 어떤 쓸모도 없는 곳이기 때문이다.

그런데 한빈은 폐품관을 얘기하자 눈을 빛냈다.

그 말은 한빈이 그곳을 알고 있다는 말이었다.

찾는 곳이 폐품관이었다고 진작에 말했다면 아무런 양심의 가책 없이 그곳으로 안내했을 것이다.

수운은 조용히 돌아서 발길을 옮겼다.


한빈은 수운의 뒤를 따르며 전생의 기억을 떠올렸다.

한빈이 말하는 보물은 태청단도 아니고 태금혜검의 비급도 아니었다.

한빈이 말하는 보물은 태극검제였다.

여러 정보를 조합해 보면 태극검제를 무당에서 본 이는 아무도 없었다.

산문 앞에서 만난 하오문으로부터 수상한 자들의 명단과 태극검제의 행방에 대해서 넘겨받았다.

결론적으로 태극검제는 무당의 어느 곳에도 목격되지 않았다고 한다.

장문인의 연공실에 음식이 끓긴 지 오래라는 이야기도 있었다.

한빈은 고개를 돌렸다.

물품을 들고 온 상인들이 무당의 제자를 따라 물건을 옮기고 있다.

한빈이 알기에 저 상인 중 삼분지 일은 하오문도일 가능성이 컸다.

상인들의 눈에 띄지 않을 곳은 몇 군데 있었다.

그중 무당파의 제자들과 강호인의 시야에서 벗어난 곳이 바로 무당의 폐품관이다.

이곳은 하오문도조차도 확인해 보지 않았을 것이 분명했다.

 

잠시 후, 한빈 일행은 볼품없는 허름한 전각 앞에 모여 있었다.

그때였다.

바람이 살짝 불어왔다.

휘잉.

동시에 전각에서 귀에 거슬리는 소리가 흘러나왔다.

삐걱.

현판이 바람에 흔들리는 소리였다.

산들바람에 흔들릴 정도로 이 전각은 낡아 빠졌다.

모든 무림인이 보기에 신성하다고 느끼는 무당파에 이런 곳이 있으리라고는 생각조차 못 했다.

전각의 앞에선 수운이 한숨을 쉬며 말했다.

"바로 여기가 폐품관이오. 여기 현판에도 쓰여 있지 않소? 아마 여기에 온종일 누워 있어도 무당의 제자나 강호인을 보기 힘들 것이오. 소협이 말하는 장소에 적합하오만은……."

"네, 제가 찾는 곳이 이런 곳입니다."

"그런데 여기에서 보물을 찾겠다는 것이오?"

"네, 맞습니다."

한빈이 고개를 끄덕이자 주변 사람들이 입을 벌렸다.

심미호와 설화 그리고 악필승까지 말이다.

하지만 그들은 조용히 한빈의 다음 말을 기다릴 뿐이었다.

한빈에게 어떤 계획이 있을 것이라고 생각했기 때문이다.

물론 무영은 참지 못했다.

"대체 이곳에 무슨 보물이 있다는 것이냐?"

"제가 생각하기에는 분명히 있습니다."

"이렇게 쓰러져 가는 곳에 보물이 있다고? 아니, 이름조차 폐품관이 아니더냐?"

무영이 전각을 가리키자 한빈이 웃었다.

"원래 진주 목걸이를 숨기기에 가장 좋은 곳이 어딘지 아십니까?"

"지금 나와 선문답을 하자는 것이냐?"

"선문답이 아닙니다. 간단한 상식입니다. 진주 목걸이를 숨기기에 가장 좋은 곳은 바로 돼지의 목입니다. 돼지 목의 진주는 누구도 상상하지 못하죠."

"무슨 강호 속담 얘기하듯 쉽게 말하는구나. 그럼 어서 보물을 찾아봐라."

"찾는 것은 제가 아니라 여기 있는 수운 도인이 할 겁니다. 그렇죠?"

한빈이 수운을 바라보자 수운이 깜짝 놀라 뒷걸음쳤다.

"나는 여기에 안내하라고 해서 했을 뿐이오. 여기서 어떻게 보물을 찾으란 말이오? 혹시 나를 없애기 위해 한적한 곳에……."

"하하. 도인, 농담도 잘하십니다. 저희가 왜 도인을 해칩니까? 저는 무슨 일이 있어도 도인을 지킬 겁니다."

"무슨 일이 있어도? 마치 큰일이 날 것처럼 말씀하시는구려."

"그야, 보물을 찾다 보면 알 수 있겠죠."

말을 마친 한빈은 고개를 돌렸다.

한빈의 시선이 향한 곳은 바로 청화였다.

시선을 느낀 청화가 재빨리 한빈의 앞으로 다가왔다.

"공자님."

"청화야, 너는 무슨 일이 있어도 여기 있는 수운 도인을 지키거라."

"어떤 수단을 써도 좋나요?"

"그래, 상대를 죽여도 좋으니 여기 있는 도인만은 지켜야 한다."

한빈의 표정은 비장했다.

하지만 그 장면을 지켜보던 수운은 자신도 모르게 웃음을 터뜨렸다.

"픕."

지금의 상황이 이해가 되지 않았기 때문이다.

그때였다.

폐품관의 안쪽에서 생각지도 못한 소리가 들렸다.

끼기긱.

이전에 들었던 현판이 흔들리는 소리와는 전혀 달랐다.

# 백척간두

팔짱을 끼고 있던 수운이 재빨리 팔을 풀었다.

그도 지금의 기괴한 소리를 들은 것이다.

수운은 주변을 두리번거리다가 조심스럽게 입을 열었다.

"아마도 바람 소리인 것 같소. 이곳 폐품관은 뒤쪽이 낭떠러지라서 그런지 제법 매서운 바람이 불어닥친다오. 그러니 안심……."

그는 말을 맺지 못했다.

다시 기괴한 소리가 울렸기 때문이다.

끼기긱!

이상한 소리에 모두는 주변을 경계했다.

잠잠해지나 싶더니 다시 소리가 들렸다.

끼기긱.

순간 수운의 눈이 커졌다.

"소문인 줄 알았더니, 사실이었나 보구려."

"무슨 말씀입니까?"

한빈이 묻자 물끄러미 폐품관을 바라보던 수운이 조심스럽게 말을 이었다.

"폐품관에 대한 안 좋은 소문이 있소이다."

"그게 무엇이지요?"

한빈이 묻자 소운이 답했다.

"폐품관에서 귀신이 나온다는 소문이오. 여기에 물건을 버리러 온 제자가 기겁하고 도망치다 정신을 잃었다는 얘기를 들은 적이 있소이다. 그때는 몸이 허해서 헛것을 보았다고 생각했는데……. 정말 귀곡성이 들릴 줄은 몰랐소."

"귀곡성이 들렸다고 해서 귀신이 있다는 건 이치에 맞지 않는 것 같습니다."

"그게 무슨 말이오?"

"제가 사는 곳이 십 년 동안 귀곡성이 들리던 곳이었습니다."

"자, 잠깐! 귀곡성이 들리는 곳에서 십 년 동안 살았단 말이오?"

"그건 아닙니다. 제가 그곳에 살고부터 귀곡성이 없어졌지요. 저기 있는 심 부대주가 귀곡성을 들었지요."

한빈이 심미호를 바라봤다.

심미호가 긴장한 듯 눈을 크게 뜨자 한빈이 허공에 사각형을 그렸다.

처음에는 고개를 갸웃하던 심미호가 눈을 빛냈다.

한빈이 그린 사각형은 계약서를 의미했다.

심미호의 머릿속에는 계약서 하면 떠오르는 많은 장면이 있었다.

그 장면들을 떠올리자 심미호는 자신이 해야 할 일을 알아챘다.

심미호는 재빨리 곡괭이를 들고 달려왔다.

갑자기 곡괭이를 들고 달려오는 심미호의 모습은 마치 호랑이 같았다.

맹수처럼 달려온 심미호는 수운의 앞에 섰다.

잠시 수운을 바라보던 심미호가 곡괭이를 바닥에 박았다.

푹.

곡괭이가 두부 위에 박히듯 손쉽게 바닥에 꽂혔다.

양손이 자유로워진 심미호는 손을 툭툭 털고는 입술을 상하좌우로 움직이기 시작했다.

입을 풀기 시작한 것이다.

그 모습을 보던 수운은 고개를 갸웃했다.

심미호의 의도를 알아차릴 수가 없던 것.

수운의 표정과는 관계없이 심미호는 얼굴에 웃음꽃을 피

웠다.

사실 심미호는 천수장에 대해서 할 말이 많았다.

그런데 그것을 얘기할 기회는 그리 많지 않았다.

적혈맹호대 전체가 모두 한빈에 의해 조련당했는데 누구한테 하소연하겠는가?

심미호는 자신이 당한 신선한 경험에 대해서 누군가에게 털어놓는 것은 좋아했다.

이제 그 대상을 만난 것이다.

심지어 한빈이 허락한 기회였다.

심미호는 상체를 기울여 수운을 바라봤다.

수운이 깜짝 놀라 뒷걸음쳤다.

"소, 소저, 왜 그러시오?"

"저는 소저가 아니라 일개 무인일 뿐이에요. 제가 그 귀곡성에 대해서 말씀드려도 될까요?"

"그, 그러시오."

수운이 고개를 끄덕였다.

하지만 심미호는 아직 입술을 떼지 않았다.

심미호가 물어본 대상은 수운이 아니라 한빈인 것이다.

뒤쪽에서 바라보던 한빈이 고개를 끄덕였다.

심미호는 그제야 입을 열었다.

"주군이 허락하셨으니 제가 몇 마디 설명해 드리죠."

"설명하시오."

수운이 어색한 표정으로 고개를 끄덕였다.

왠지 이곳 무리에 합류하고부터 무시당한다는 기분이 들었다.

지금도 마찬가지였다.

그때 심미호가 입을 열었다.

"저런 귀곡성은요……. 기력이 쇠하든가 양기나 음기가 한계를 넘어서면 들리기 마련이에요. 평범한 사람이라면 저런 장소에서 한나절을 넘기기 힘들죠."

"그럼 폐품관이 그리 변했다는 것이오?"

"그건 모르지요."

"그럼 소저가 아는 것은 무엇이오?"

"제가 아는 것은 저곳이 위험하다는 것이에요. 제가 천수장에 첫발을 디뎠을 때와 같은 느낌이라고나 할까요?"

"천수장이 어디요?"

"제가 주군에게 팔려 가, 아니 끌려가 훈련을 받던 곳이지요. 그곳은 밤만 되면 저 소리보다 몇십 배는 큰 귀곡성이 울렸습니다."

수운으로서는 알 수 없는 얘기였다.

그는 가장 중요한 것을 물어보기로 했다.

"그 귀곡성 때문에 사람이 죽었소?"

"아니요, 훈련 때문에 죽을 뻔했지요. 잘 생각해 보세요. 동아줄에 매달려서 무공 초식을 외워 보신 적이 있나요?"

"없소."

"그럼 병법을 외워 본 적은요?"

"왜 동아줄에 매달려서 그 짓을 한단 말이오."

"다 외울 때까지 거기서 못 올라오니까요. 그리고 힘이 떨어져 동아줄을 놓치기라도 한다면……."

"그럼 어떻게 되오?"

수운은 자신도 모르게 심미호의 말에 빠져들었다.

심미호는 만족한 표정으로 계속 말을 이었다.

"아래에는 독사가 우글거리는 상황이죠. 거기에서 동아줄을 놓친다면……. 그건 생명 줄을 놓는 거나 마찬가지거든요."

"허허, 그런 악랄한!"

수운은 혀를 차며 안타까운 눈빛을 심미호에게 보냈다.

"그죠. 그 상황에서 죽을 고비를 넘긴 것만 한 대여섯 번은 될 거예요."

"소저가 직접 당한 건 아닌 것 같소."

"아뇨, 제가 직접 경험해 본 거예요."

"허, 그런 일이……."

"그러니 귀곡성에 대해서는 저보다 더 많이 아는 자는 여기 없다고 생각해요."

"그런데, 죽을 고비를 넘긴 것이야 알겠지만 귀곡성에 대해서는 잘 설명이 안 된 것 같소."

"그러니까, 제 얘기는 귀곡성의 실체를 알려면 직접 부딪

쳐야 한다는 거죠. 그게 계약서를 쓴 자의 운명입니다."

"난 소저가 무슨 말을 하는지 통 알아듣지 못하겠소. 조금 더 자세히 설명해 주시오."

"네, 알았어요."

말을 마친 심미호는 고개를 끄덕였다.

이번에도 그녀가 바라보는 방향은 한빈이었다.

한빈이 똑같이 고개를 끄덕이자 심미호가 수운을 바라봤다.

심미호는 의미심장한 웃음을 지은 후 곡괭이를 뽑았다.

어찌나 세게 뽑았는지 주변에 기파가 몰아칠 정도였다.

펑!

수운이 영문을 모르겠다는 듯 심미호를 바라봤다.

고개를 갸웃하는 수운을 심미호가 잡았다.

동시에 폐품관을 향해 달려갔다.

당황한 수운이 외쳤다.

"지금 무슨 짓이오?"

"안내하시려면 들어가는 게 맞아요."

"귀곡성이 들리는 곳은 위험하다고 하지 않았소!"

"네, 위험하지요. 그런데 천수장에서도 죽은 사람은 없어요. 그리고 우리 주군이 도인의 안전을 책임지겠다고 했으니 안심하세요."

"그런데 왜 우리만 가는 것이요? 지켜 주겠다고 했으면 같이 가야 하는 것이 아니오!"

수운은 황당함에 소리쳤다.

그의 신형은 점점 멀어지더니 전각 속으로 빨려 들어갔다.

그 모습을 보던 한빈은 엄지를 척 들었다.

무영이 황당하다는 듯 물었다.

"대체 왜 저자를 데려가느냐? 내가 보기에는 무공도 보잘 것없는데 말이다."

"저자가 꼭 필요합니다."

"허허, 마치 저자가 생명 줄이라도 되는 것처럼 말하는구나."

"그럴 수도요. 이제 가시지요."

한빈이 활짝 웃으며 폐품관을 가리켰다.

무영이 고개를 갸웃하며 물었다.

"위험하다면서 가느냐?"

"위험하니까 가는 거죠. 원래 큰 위험 없이는 큰 이익도 없는 법입니다."

"그럼 가자꾸나."

"먼저 가시죠."

한빈이 폐품관을 가리키자 무영이 천천히 걸어간다.

그 뒤를 악필승이 끈이라도 연결된 것처럼 자연스럽게 따랐다.

한빈이 자리를 뜨려 할 때였다.

설화가 고개를 갸웃하며 한빈을 불렀다.

"공자님, 여기 손수건 떨어뜨리셨어요."

"그냥 놔두거라."

"비싼 것 같은데요."

"아무리 비싸도 땅에 떨어진 물건을 다시 주울 만큼 궁하지는 않다."

"진짜루요?"

설화가 고개를 갸웃했다.

항상 근검절약과 이익을 강조하는 한빈의 언행과는 달랐기 때문이다.

한빈이 피식 웃으며 말을 이었다.

"이제 우리도 가자."

"네, 공자님."

한빈과 설화가 낙엽 밟는 소리만 남기고 사라졌다.

사사삭.

그 뒤를 따라 나머지 사람들도 폐품관을 향해 달려갔다.


한빈 일행이 자리에서 사라지자 수풀 속에서 반짝이는 두 쌍의 눈이 출연했다.

그들은 백색의 무복을 입고 있었다.

거기에 허리에는 가면을 달고 있었다.

그 가면은 백경의 초아가 쓰던 토끼 가면이었다.

하지만 그녀들은 한빈과 밀약을 나눈 무사들은 아니었다.

한빈과는 인연이 없는 또 다른 백경의 무사들이었다.

그중 하나가 말했다.

"역시 선주님의 예상에서 벗어나지 않는군요. 그런데 저건 뭐죠?"

"저놈들이 떨어뜨리고 간 것 같구나. 어서 주워 와라."

"존명."

지위가 낮은 토끼 가면이 한빈이 떨어뜨리고 간 손수건을 주워 왔다.

"여기요."

"그래, 수고했다."

손수건을 받은 상관은 눈을 가늘게 떴다.

손수건이 제법 고급스럽게 보였기 때문이다.

그것을 뒤집어 살펴보던 그녀는 눈을 크게 떴다.

요즘 북경에서 유행한다는 오색의 자수가 놓여 있었기 때문이다.

이것은 돈 주고도 못 구하는 물건이었다.

그녀는 재빨리 손수건을 품속에 넣고 수하를 바라봤다.

"이건 내가 다시 살펴봐야겠구나. 모든 게 선주님의 계획대로니, 너는 일단 연락부터 넣거라."

상관이 손짓하자 수하 토끼 가면이 뒤쪽에 있는 새장을 열었다.

그곳에는 아직 남은 비둘기가 있었다.

토끼 가면은 비둘기 한 마리를 잡아 다리에 전서 통을 매달았다.

비둘기가 무당산 위로 날아오른 것은 그야말로 찰나였다.

아무 일 없다는 듯 비둘기는 향로봉 위를 돌다가 어디론가 날아갔다.

비둘기가 날아가자 상관이 자리에서 일어났다.

"덫에 걸렸으니 뚜껑을 덮자꾸나."

"너무 이르지 않나요?"

"배신자를 통해 얘기를 듣지 않았더냐? 저놈은 다람쥐처럼 재빨라서 틈을 주면 안 된다."

"그래도 선주님에게 보고해야 하지 않을까요?"

"내가 네게 줬던 전서에 미리 써 놨으니 걱정하지 말아라."

"그럼 당장 기관을 작동시킬게요."

말을 마친 수하 토끼 가면은 어디론가 사라졌다.

❦

폐품관 안으로 들어간 한빈은 눈을 크게 떴다.

상상도 할 수 없는 쓰레기들이 그들의 앞을 막고 있었기 때문이다.

겉에서 보기에는 널찍한 폐품관이었다.

하지만 막상 안으로 들어오자 발 디딜 틈조차 없었다.

그때였다.

뒤쪽에서 굉음이 울려 퍼졌다.

쿵.

폐품관의 문이 닫힌 것이다.

문이 닫히자 안쪽은 칠흑과 같은 어둠으로 바뀌었다.

그와 동시에 다시 귀곡성이 들려왔다.

끼기긱.

그 소리에 당황한 수운이 외쳤다.

"어찌 된 일이오? 다시 귀곡성이 들리오!"

"함정입니다. 침착하게 가만계십시오."

"지금 무슨 말을 하는 게요? 함정인데 가만히 있으라니!"

수운이 다급하게 외치자 한빈이 아무렇지 않게 답했다.

"기다리던 함정입니다."

"지금 말장난하자는 거요?"

질문을 던진 수운은 고개를 갸웃했다.

어둠 속에서 이어지는 대화에 다른 이들은 끼어들지 않았다.

모두가 지금 상황이 당연하다는 듯 기다리고 있었다.

그때였다.

귀곡성의 주기가 짧아졌다.

끼기긱.

끼기긱.

동시에 바닥이 흔들리기 시작했다.

정확히는 바닥이 점점 기울어지는 듯했다.

기분이 아니라 정말로 몸이 기울어졌다.

들어왔던 문의 반대 방향이 가라앉는 느낌이었다.

동시에 문의 반대 방향에서 한 줄기 빛이 들어왔다.

빛의 정체를 알아챈 이들 중 몇이 비명을 질렀다.

"악!"

바닥이 기우는 동시에 반대편 벽이 사라진 것이다.

없어진 벽 뒤쪽에는 천 길 낭떠러지가 있었다.

이제는 완전히 벽이 없어진 상태.

한쪽 벽이 없어진 전각은 계속해서 천천히 기울어지고 있었다.

끼기긱. 끼기긱.

그냥 기울어지는 것이 아니라 바닥이 흔들리기까지 했다.

마치 전각에 있는 모든 것을 털어 내려는 것처럼 말이다.

모두는 그제야 귀곡성이 어떤 소리인 줄 알아챘다.

끼기긱.

귀곡성은 바로 기관이 작동하는 소리였다.

계속해서 귓가를 자극하는 귀곡성.

모두가 술렁이며 들어왔던 문 쪽으로 발길을 옮겼다.

그때였다.

들어왔던 입구 쪽에서 커다란 쇳덩이가 떨어졌다.

쿵.

문으로 나가려던 악필승이 깜짝 놀라 뒤로 물러섰다.

자세히 보니 수백 근은 족히 넘을 것 같은 철판이었다.

제일 먼저 떨어진 철판을 시작으로, 다른 철판들이 바닥에 내리꽂혔다.

쿵. 쿵.

마치 한번 잡은 사냥감을 놓칠 수 없다는 듯 덫이 겹겹이 쌓이는 것 같은 상황.

앞쪽을 막아선 철판은 마치 사냥개와도 같았다.

철판들은 한빈 일행이 사냥감이라도 되는 것처럼 몰아넣고 있었다.

가장 당황한 것은 다름 아닌 수운이었다.

수운이 한빈을 보며 외쳤다.

"이게 대체 무슨 일이오?"

"도인, 내가 한 것도 아닌데 왜 제게 따집니까?"

"아니, 날 여기로 데려온 게 소협 아니오?"

"안내한 건 도인이지요. 게다가 여기는 무당파의 경내입니다. 그런데 왜 제게 따집니까?"

"허허, 미안하오……."

수운은 더는 말을 하지 못했다.

무당에 이런 기관 장치가 있으리라고는 생각지도 못했다.

폐품관은 문파의 쓸모없는 물건을 보관, 아니 버리는 곳이었다.

무당파의 도인들에게 버려졌다고 할 수 있는 이곳에 웬 기관 장치란 말인가?

얼마나 당황했으면 무당파의 도인인 자신이 외부인에게 물어봤을까?

그때 내려앉은 강철 벽으로 누군가 달려들었다.

그는 다름 아닌 심미호였다.

심미호는 곡괭이에 진기를 실었다.

곡괭이의 날에 푸른 강기가 천천히 맺혔다.

이슬처럼 맺힌 푸른 강기는 곡괭이에 예기를 더하고 있었다.

심미호는 강기가 실린 곡괭이로 강철 벽을 내리쳤다.

탕.

곡괭이가 벽에 부딪치자 불꽃이 튀었다.

하지만 강철 벽은 꿈쩍도 하지 않았다.

반면 심미호의 손은 얼얼했다.

그녀는 앞을 막고 있는 강철 벽과 자신의 손을 번갈아 바라보았다.

심미호는 이 벽이 보통 강철이 아님을 알고 있었다.

그녀의 곡괭이는 현철로 만든 제품이었다.

그런데 현철로 만든 날을 튕겨 내다니!

현철을 튕겨 내는 재질로 벽을 만들었다는 것은 그만큼 많은 준비를 했다는 뜻이었다.

여기까지 생각한 심미호는 어깨를 가늘게 떨었다.

그때였다.

다시 소리가 들렸다.

끼기긱.

동시에 바닥의 경사가 더욱 기울어졌다.

당황한 심미호가 뒤를 보며 소리쳤다.

"씨도 안 먹혀요! 이쪽으로 오셔서 도와주셔야 할 것 같아요, 주군!"

"잠시만 기다려, 심 부대주."

"주군, 차라리 파혼검을 쓰는 게 어때요?"

"그건 불가능해, 심 부대주."

한빈이 고개를 저었다.

진룡파혼검이라면 강철 벽을 부술 수도 있겠지만, 파혼검에는 가장 큰 약점이 있었다.

파혼검은 안정된 자세에서만 펼칠 수 있기 때문이다.

안정된 자세에서 움직이지 않는 목표물을 삭제하는 데는 도움이 되지만, 지금과 같은 상황에서는 파혼검을 펼칠 수 없다.

더 중요한 것은 지금 입구를 뚫고 나가면 이제까지의 수고가 물거품이 된다는 점.

지금은 때를 기다려야 했다.

적에게 약한 사냥감으로 보이는 것이 중요했다.

한빈은 조용히 오감에 집중했다.

순간 한빈이 코를 실룩였다.

한빈은 눈을 가늘게 뜨고 바닥을 바라봤다.

아래쪽에서 적의 향기가 느껴졌기 때문이다.

한빈은 이곳에 들어오면서 손수건 한 장을 버렸다.

손수건에는 추종향이 묻어 있었다.

한빈은 강호에서는 드물게 사냥개의 후각을 가지고 있는 자.

지금 그 손수건에 묻혀 놓은 향기가 점점 다가오고 있었다.

그 말은 위험이 점점 배가되고 있다는 말이었다.

끼기긱.

다시 바닥이 기울어졌다.

아직은 중심을 잡고 서 있기에 불편하지는 않을 정도였다.

주위를 둘러보던 한빈은 손가락을 튕겼다.

딱!

그 소리에 설화가 달려왔다.

그사이에도 바닥은 천천히 기울어지고 있었다.

난데없는 상황에 모두는 한빈에게 시선을 고정했다.

설화는 다급하게 보따리를 한빈에게 건넸다.

다른 때 같았으면 보따리를 정성스럽게 풀어 놓았을 설화였다.

하지만 지금은 그럴 여유가 없었다.

이대로 있다가는 모두 황천길을 바라봐야 할 상황이었다.

"여기 있어요, 공자님."

"고맙다."

"해결 방법은 있는 거죠?"

"일단 버티자꾸나."

한빈은 아무렇지 않게 보따리에서 가느다란 금빛 줄 하나를 꺼냈다.

그러고는 설화에게 손을 내밀었다.

무슨 뜻인지 아는 설화가 우혈랑검을 꺼냈다.

"여기요, 공자님."

"잠깐 쓰고 돌려주마."

"꼭 돌려주셔야 해요."

"그래."

고개를 끄덕인 한빈은 줄에 우혈랑검을 묶었다.

그러고는 재빨리 내려앉은 강철판 쪽으로 우혈랑검을 던졌다.

횡.

우혈랑검이 빛의 속도로 날아가 강철판에 꽂혔다.

푹.

한빈은 줄을 당겨 봤다.

줄은 제법 팽팽한 것 같았다.

그때였다.

다시 귀곡성이 들려왔다.

끼기긱.

바닥의 경사가 급격히 기울어졌다.

어느 정도 경사가 생기자 열린 벽 쪽에 가까이 있던 무쇠
솥 하나가 데구루루 구르더니 밖으로 떨어졌다.

모두는 귀를 쫑긋했다.

솥이 떨어지는 소리를 듣기 위함이었다.

깊이가 깊으면 소리도 더 천천히 들릴 것이었다.

하지만 소리는 들릴 줄을 몰랐다.

모두가 서로의 얼굴을 바라보고 있을 때였다.

텅.

미세하게 솥이 바닥과 충돌하는 소리가 들려왔다.

그 소리에 한빈이 말했다.

"진짜 천 길 낭떠러지군."

한빈이 아무렇지 않게 말하자 수운은 주변을 둘러보며 말
했다.

"소협, 탈출구를 아시오?"

"제가 어떻게 압니까?"

"그런데 표정이 왜 그렇게 태평하시오?"

"안내해 줄 사람이 나타날 테니까요."

"안내해 줄 사람이 대체 누구요?"

"보시면 압니다. 일단 이것부터 잡고 계시죠."

한빈이 줄을 건넸다.

금빛이 감도는 가느다란 줄을 본 수운이 기가 찬 표정으로 물었다.

"이걸 가지고 뭘 어떻게 하란 말이오? 조금만 힘을 줘도 툭 끊어질 실이 아니오."

"천잠사입니다."

"이, 이게 천잠사란 말이오?"

"아마 끊어질 일은 없을 겁니다. 그러니 일단 이것부터 잡고 계십시오."

말을 마친 한빈이 눈을 뜨고 바닥 쪽을 바라봤다.

적의 향기가 더욱 짙어졌기 때문이다.

그 모습에 수운이 물었다.

"왜 그러시오?"

"출구를 안내할 사람이 오고 있습니다. 도인, 이곳에서 귀곡성이 들리기 시작했다는 소문이 언제부터 돌았나요?"

"지금 그게 문제가 아니지 않소?"

"중요한 문제입니다. 안내할 사람을 맞아야 하니까요."

"딱 십 년이오."

"십 년이면 강산이 변했겠군요."

"무당은 십 년 전이나 지금이나 똑같소."

"이곳처럼 말인가요?"

"흠."

"십 년 동안 이곳에 많은 물품을 넣으셨죠?"

"그렇소."

"그중에 쓸 만한 물건도 있었습니까?"

"없었소."

"그럼 이 중에는 쓸 만한 물건이 보입니까?"

"그러니까……."

수운이 고개를 갸웃했다.

얘기를 듣고 보니 이곳의 물건 중에는 쓸 만한 물건들이 꽤 보였다.

사당에 놓기에 충분할 커다란 향로에서부터 시작해서 멀쩡한 가마솥과 대야까지…….

모든 게 멀쩡해 보였다.

거기에 탁자나 의자도 모두 상한 곳이 없었다.

이곳은 폐품관.

망가진 물건을 버리는 곳이었다.

생각해 보면 모든 것이 이상했다.

십 년 동안 폐품관을 치웠다는 얘기를 들어 보지 못했다.

십 년이면 쌓인 물건도 많을 텐데, 이곳을 한 번도 정리하지 않았다는 것 자체가 이상했다.

그때 한빈이 말을 이었다.

"아마도 십 년 전부터 이런 기관 장치가 있었을 겁니다. 그리고 그 기관 장치 덕분에 폐품관 내부를 정리하지 않아도 됐을 테고요. 저 낭떠러지 아래로 쓰레기를 쏟아부으면 되니 말입니다. 물론 쓰레기 말고 다른 것들도 마찬가지일 테지만요."

"다른 거라면 무엇을 말하는 것이오?"

"예를 들면 사람이겠지요. 사람을 처리하는 데 이곳만큼 좋은 곳이 어디 있겠습니까?"

"그런 소리 하지 마시오. 무당에서는 십 년간 아무런 사건도 없었소. 당한 사람이 있다면 실종된 사람이 있을 텐데, 그런 사건이 있으면 내가 모를 리가 있겠소?"

"그러니 더 무서운 것이지요."

"허."

"도인도 오늘은 각오하셔야 할 겁니다."

"그게 무슨 말이오?"

"무엇을 보더라도 외면하지 마십시오. 모두 눈에 담아 두시고 들리는 건 귀에 담아 두십시오. 도인이 이곳에서 해야할 것은 안내가 아닙니다."

"그럼 무엇이오? 내게 안내를 원한다고 하지 않았소?"

"제가 도인에게 원하는 것은 안내가 아니라 증언입니다."

"증언이라……."

"도인은 오늘 일의 증인이 되어 주셔야 합니다."

"지금 할 얘기는 아닌 것 같소만……."

"지금 아니면 못 할 얘기죠."

"음."

수운의 눈빛이 깊어졌다.

지금의 일을 겪기 전이라면 한빈의 말을 믿지도 않았을 터였다.

하지만 지금은 믿을 수밖에 없었다.

이건 무당의 개파 후 겪는 일대 사건일 터.

무엇을 증언하라는 것인지는 몰라도 수운은 본능적으로 떨고 있었다.

그때였다.

다시 귀곡성이 울렸다.

끼기긱.

순간 가장 앞에 있던 악필승이 휘청였다.

"악!"

비명을 지르던 악필승은 중심을 잃고 뒹굴었다.

"주군!"

"어서 구걸십팔보를 펼쳐요, 아저씨!"

설화가 소리쳤다.

하지만 경사진 이곳에서 구걸십팔보를 펼치기는 쉽지 않았다.

그때 금빛 섬광이 악필승에게 날아갔다.

금빛 섬광은 악필승이 차고 있던 도를 휘감았다.

순간 한빈이 외쳤다.

"도를 꽉 잡아요, 악 각주!"

악필승은 반사적으로 자신의 도를 꽉 잡았다.

순간 도가 몸에서 튕겨 나갔다.

정확히는 도에서 몸이 튕겨 나갔다고 봐야 했다.

천잠사에 묶인 도는 가만히 있는데 악필승의 몸이 밖으로 튕겼으니 말이다.

악필승은 아래를 내려다봤다.

그의 발아래 바닥은 없었다.

땅도 보이지 않았다. 그 대신 운무가 유유자적 떠다니고 있었다.

심미호가 악필승을 구하기 위해 조심스럽게 다가갈 때였다.

한빈이 외쳤다.

"모두 제자리에!"

순간 모두는 천잠사에 몸을 의지한 채 동작을 멈췄다.

그때였다.

갑자기 바닥이 흔들렸다.

덜컹.

순간 바닥이 직각으로 기울어졌다.

폐품관에 있는 물건들이 우수수 떨어진다.

천잠사가 아니었다면 한빈 일행도 천 길 낭떠러지로 굴러 떨어져도 이상할 것 없는 상황이었다.

모두가 당황하지 않고 있는 와중에, 홀로 당황한 사람은 바로 수운이었다.

수운은 주변을 둘러봤다.

다른 이들은 천잠사에 몸을 의지하고 주위를 관찰하고 있었다.

수운은 그제야 심미호가 말했던 것을 떠올렸다.

천잠사에 매달린 그들은 평온해도 너무 평온했다.

진짜로 밧줄에 매달려서 초식을 공부하던 이들이 맞는 것 같았다.

대체 어떤 집단이 그런 훈련을 받는다는 말인가?

가느다란 천잠사에 몸을 의지하고 있지만, 한편으로는 천만다행이라고 생각하고 있었다.

그때 한빈이 말했다.

"모두 전투준비."

"지, 지금 무슨 말이오? 전투라니?"

수운이 기겁한 표정으로 묻자 한빈이 어딘가를 가리켰다.

한빈이 가리킨 곳에는 아직 떨어지지 않은 물건들이 남아 있었다.

향로나 솥뚜껑 등 제법 덩치가 큰 물건이었다.

어찌 보면 가장 먼저 굴러떨어져야 할 물건들이었다.

그때 쇠 긁는 소리가 귀를 자극했다.

삐걱!

천잠사 하나에 몸을 맡긴 한빈 일행은 모두 고개를 돌렸다.

모두는 한 손으로 천잠사를 잡은 채 허리에 찬 병장기를 뽑아 들었다.

스릉. 스릉.

설화와 청화도 한빈의 옆에서 우혈랑검과 좌혈랑검을 뽑았다.

천잠사에 의지해서 버티는 것만 해도 대단한데, 그들은 눈도 깜빡이지 않고 한빈이 가리키는 곳을 바라봤다.

한빈이 가리킨 곳에는 굴러떨어지지 않고 남아 있던 향로와 솥 들이 있었다.

신기하게도 몇몇 탁자와 의자도 굴러떨어지지 않고 있었다.

다른 모든 폐품은 굴러떨어진 상태였는데, 몇 가지 물건만이 신기하게 바닥에 착 달라붙어 있었다.

더 이상한 것은 가벼운 물건들은 모두 굴러떨어지고 덩치 크고 무거운 물건들만 남아 있다는 점이었다.

그중 향로가 소리를 내며 달싹였다.

달싹이던 소리가 빨라지더니 거대한 향로가 기울어졌다.

그 향로는 묘하게 기울어지다가 멈췄다.

가만히 보니 기울어진 것이 아니라 바닥이 열린 것이었다.

마치 문에 향로가 붙어 있는 형태였다.

덜컹.

그 모습을 보고 한빈은 이 폐품관의 비밀을 알았다.

적이 온다는 것을 추종향을 통해 알았지만, 바닥이 열리면서 나올 줄은 몰랐었다.

한빈은 바닥에 있는 물건들이 기관 장치 중 하나라 생각하며 경계했었다.

무거운 물건을 바닥에 붙여 놓고 그 아래 비밀 통로를 만든다?

어찌 보면 현명한 선택이었다.

폐품관 내부를 청소하는 자는 십 년 동안 없었을 테니까.

거기에 더해 가벼운 물건이라면 몰라도, 무거운 물건을 자진해서 치울 무당파의 도인은 없었다.

그야말로 완벽하게 숨겨 놓은 통로라는 말이었다.

바닥이 문처럼 덜컹 열린 후 뭔가가 통로에서 삐죽 나왔다.

그곳에서 나온 것은 토끼 가면을 쓴 얼굴이었다.

고개를 불쑥 내민 토끼 가면 무사는 고개를 돌려 한빈 일행을 살폈다.

그때였다.

천잠사에 몸을 의지하고 있는 설화가 고개를 갸웃했다.

"초아 언니?"

토끼 가면을 보자 백경으로 떠났던 초아 일행이 생각났다.

처음에는 적으로 만났지만, 나중에는 언니라고 불렀던 무인.

대충 들은 그녀의 사연은 기구하기 짝이 없었다.

어릴 적 백경에 와서, 고향으로 한 번도 돌아가지 못한 채철저히 이용만 당했던 무인.

초아는 백경으로 돌아가서 한빈의 계획을 돕기로 했었다.

토끼 가면이 말했다.

"어떻게 나를 알아봤지?"

"그럼 진짜 언니 맞아? 언니가 배신을?"

"배신은 아니지, 일단 올라와서 얘기하자."

토끼 가면이 손을 내밀었다.

설화는 천잠사를 잡고 있던 손을 힘껏 끌어당겼다.

순간 설화의 몸이 허공으로 떠올랐다.

토끼 가면을 향해서 날아가는 설화.

순간 토끼 가면의 다른 쪽 손이 번뜩였다.

휙.

한 손으로 설화를 맞이하는 듯하면서 다른 손으로는 비수를 쏘아 낸 것.

설화는 날아오는 비수를 우혈랑검으로 쳐 냈다.

탕.

우혈랑검과 비수가 맞닿자 뛰어오르던 설화의 속도가 죽었다.

비수를 튕겨 내는 것은 성공했지만 지금부터가 문제였다.

상대의 힘을 튕겨 내며 온 힘을 다해 위로 향하던 설화의 힘이 줄어든 것은 어찌 보면 당연했다.

상대의 목적은 설화가 아닌 설화의 방향을 막은 것이 분명했다.

위쪽으로 향하던 설화는 힘을 잃고 떨어지기 시작했다.

횡.

바람을 가리며 아래로 떨어지는 설화.

모두는 경악했다.

설화가 누구던가?

한빈 일행에게 사랑받는 아이였다.

그런데 힘 한번 써 보지 못하고 비명횡사할 처지에 놓인 것이다.

그 모습을 지켜보던 청화가 천잠사를 놓고 뛰어오르려 준비했다.

순간 옆에 있던 한빈이 그녀의 소매를 잡았다.

"설화는 그리 약하지 않다. 지금은 설화에게 맡기자."

"네?"

청화가 눈을 크게 떴다.

한빈을 믿고 있긴 하지만, 지금은 황당했다.

아무도 도와주지 않는다면 천 길 낭떠러지로 떨어질 상황이었다.

그런데 설화에게 맡기라니?

청화는 지금만큼은 한빈이 원망스러웠다.

하지만 한빈의 명령은 절대적이었다.

청화를 천잠사를 잡았던 손을 더욱 꽉 움켜쥐었다.

다른 이들의 표정도 비슷했다. 움켜쥔 손만큼 입술도 앙다물었다.

청화가 그들의 시야에서 점점 멀어져 갈 때였다.

아래쪽에서 번쩍이는 물체가 날아왔다.

그 물체는 전각의 벽에 박혔다.

푹.

박힌 물체는 다름 아닌 우혈랑검이었다.

우혈랑검의 손잡이에는 금빛 실이 아래로 쭉 늘어져 있었다.

늘어진 줄이 갑자기 팽팽해지더니 아래쪽에서 하얀 무복의 신형이 솟구쳐 올라왔다.

물론 그 신형의 정체는 설화였다.

설화는 요즘 한빈의 비도술을 공부하고 있었다.

비도술에는 이런 말이 있다.

정확하게 목표물에 단검을 날리는 것은 삼류요.

삼류라고 해서 무시 못 할 경지는 아니다.

바로 비도술을 논할 초입의 경지를 삼류라 말함이니 말이다.

목표물에 꽂히는 힘을 조절할 수 있는 것은 이류라고 한다.

그럼 비도술에서 일류의 경지는 무엇일까?

움직이는 물체를 따라 단검의 방향을 바꾸는 경지가 바로 일류의 경지였다.

언뜻 들어 보면 이기어검의 경지와도 같아 보인다.

하지만 가벼운 비도를 움직이는 방법은 의외로 다양했다.

그중 하나가 바로 가느다란 실을 묶어 조종하는 것이다.

일류의 비도술을 파훼하는 방법은 비도술에 사용한 실을 끊어 놓는 것.

만약 끊어지지 않는 실을 가지고 있다면?

일류의 비도술은 즉시, 초일류의 경지라고 말할 수준이 된다.

한빈은 설화의 비도술을 완성하기 위해 천잠사를 챙겨 줬다.

한빈이 설화를 보고 안심한 것은 이런 이유에서였다.

반동으로 튀어 올라온 설화는 다시 한빈의 옆에 섰다.

"다녀왔어요."

아무렇지 않게 웃으며 말하는 설화의 모습에, 옆에 있던 청화가 울먹였다.

"언니, 죽는 줄 알았어요."

"내가 죽긴 왜 죽어?"

"난 저 배신자에게 속아서 죽은 줄 알고…… . 초아 언니가 배신할 줄은 몰랐어요."

청화는 위쪽의 토끼 가면을 가리켰다.

설화가 피식 웃으며 말했다.

"저자는 초아 언니가 아니야."

"토끼 가면을 썼잖아요."

"초아 언니가 속한 백경은 모두 토끼 가면을 쓰고 있다는 걸 잊었어? 그리고 초아 언니는 내게 저리 살갑게 군 적이 한 번도 없어. 그러니 가짜지."

설화가 눈을 가늘게 뜨고 위쪽을 바라봤다.

설화의 말은 사실이었다.

초아가 한빈과 한배를 타기로 선언했지만, 그 전에 당했던 것을 모두 잊을 수는 없는 일이었다.

초아에게 가장 수치스러웠던 일은 땅에 파묻혔던 일.

그때 초아에게 흙을 퍼 넣는 것이 바로 설화였다.

그러니 같은 배를 탔다고는 하지만, 마음이 좋을 수는 없었다.

청화가 조심스럽게 물었다.

"그럼 위에는 왜 올라간 거예요?"

"공자님이 간 좀 보라고 하셔서."

"간을 봐요?"

청화가 고개를 갸웃했다.

하지만 한빈은 그에 대해서는 답하지 않았다.

대신 위쪽을 바라보며 외쳤다.

"아무래도 내가 여기 올 것을 알고 있었나 보군!"

"당연하지. 네가 오길 기다리느라 목이 빠지는 줄 알았다."

"어떻게 알았지?"

"네 첩자를 통해서 알았지."

"설마 했는데 들켰나 보군."

"선주님이 말씀하시길, 풍겨야 할 냄새가 안 난다고 하더군."

"냄새라……."

"고독을 제거한 건 실수였어. 어떻게 제거했는지는 모르지만……. 그 고독에는 우리만 맡을 수 있는 냄새가 존재하거든. 차라리 멀리 도망쳤다면 그 수모는 당하지 않았을 텐데……."

"죽었나?"

"너와 같이 죽여 주려고 숨은 붙여 놨지. 살아 있다 하니 안심이 되나?"

"첩자의 생사를 걱정하는 장수가 있던가? 나는 그 정도로 정이 많지는 않거든."

한빈은 표정 하나 변하지 않고 답했다.

한빈과는 달리, 대화를 듣고 있던 설화는 입술을 깨물었다.

그들이 말한 첩자란 초아와 자청의 일행을 말함이었다.

첩자라는 것이 들통나서 모든 사실을 분 것이 분명했다.

갖은 고문을 당하고 사실을 토설한 덕분에 백경은 한빈이 온 것을 알고 있다는 말이었다.

여기까지 상황을 파악한 설화는 고개를 갸웃했다.

한빈의 표정이 너무 평온했기 때문이다.

첩자의 생사를 걱정할 한빈이 아니라는 것은 맞다.

하지만 자신의 계획이 틀어진 것까지 걱정하지 않을 한빈은 아니었다.

계획이 틀어졌다는 것을 알았다면 태연한 척하면서도 맹렬하게 머리를 굴리고 있어야 정상이었다.

하지만 지금은 아무리 봐도 한 점의 고민도 없는 모습이었다.

설화가 한빈의 표정을 보며 의아해하고 있을 때였다.

위쪽에서 토끼 가면이 말했다.

"듣던 대로군."

"그래, 그럼 시작해 볼까?"

"시작은 무슨 시작? 우리가 그냥 지켜만 봐도 너희는 죽은 목숨이야. 어딜 도발하려고 들어!"

토끼 가면은 말도 안 된다는 듯 외쳤다.

토끼 가면의 말대로 천잠사에 몸을 의지해서 버티는 데는 한계가 있었다.

그렇다고 전각이 직각으로 기울어진 상태에서 탈출구는 없었다.

탈출구라고 한다면 토끼 가면이 있는 문밖에는 없었다.

그때였다.

한빈이 손가락을 튕겼다.

딱.

그 소리에 토끼 가면이 기가 찬 듯 외쳤다.

"죽을 때가 됐나 보군!"

한빈의 손가락 튕기는 소리에 반응한 것은 토끼 가면뿐이 아니었다.

옆에 있던 수운은 기가 찬 듯 물었다.

"소협, 지금 뭐 하는 것이오? 그 소리를 들을 사람은 아무도 없소. 그러니……."

수운은 말끝을 흐렸다.

옆에 있던 설화가 한빈에게 보따리를 내밀었기 때문이다.

보따리를 받은 한빈은 여유 있게 그것을 펼쳤다.

갑작스러운 한빈의 행동에 위쪽에 있던 토끼 가면이 외쳤다.

"다들 조심하여라! 아무래도 벽력탄을 쓰는 것 같다!"

토끼 가면이 얼굴을 다시 집어넣었다.

마치 자라가 위험을 피해 목을 쏙 집어넣는 모습과도 같았다.

한빈의 옆에 있던 수운도 놀라 외쳤다.

"동귀어진이오?"

"제가 동귀어진을 좋아하긴 해도, 지금은 아닙니다."

말을 마친 한빈이 보따리에서 백색의 천에 감긴 물체를 꺼냈다.

한빈은 백색의 천을 조심스럽게 풀었다.

수운이 고개를 갸웃하며 말했다.

"그런데 그건……."

수운이 말을 맺지 못했다.

천 안에 있던 건 비둘기였다.

비둘기를 천 안에 감싼 것도 이상한데 보따리에 지니고 다녔다고?

수운은 아무 말도 하지 못했다.

오죽하면 잡고 있던 천잠사를 놓칠 뻔했다.

그때 한빈이 비둘기의 몸통을 만지더니 실 침 하나를 뽑았다.

순간 비둘기가 손에서 벗어나려는 듯 날개를 퍼드덕댔다.

한빈은 아무렇지 않게 비둘기를 손에서 놓았다.

아래로 떨어지던 비둘기는 중심을 잡더니 이내 날아올랐다.

퍼드득.

수운의 눈이 자리를 잡지 못하고 갈팡질팡했다.

갑자기 비둘기를 날린 한빈의 행동이 이해가 되지 않았다.

그 심정을 아는지 한빈이 말을 이었다.

"전서구입니다."

"전서구라니요?"

"구해 달라는 구조 요청을 보내야 하지 않겠습니까?"

한빈의 목소리는 제법 컸다.

수운이 놀라 속삭였다.

"목소리를 낮추시오. 적이 다 듣겠소."

"이미 늦은 것 같은데요."

한빈이 위쪽을 가리켰다.

위쪽에서 토끼 가면이 불쑥 고개를 내밀었다.

"이런 상황에서 전서구라……. 미친놈."

"내가 비둘기를 좀 좋아하거든."

"너 같은 놈이 있을 줄은 상상도 못 했구나. 할 수 없이 우리 손에 피를 묻혀야겠어. 호호."

토끼 가면이 간드러지게 웃었다.

"내려와. 내가 토끼구이 하나는 끝내주게 하거든."

한빈이 토끼 가면을 가리켰다.

이것은 한빈의 도발이었다.

이번에는 한빈의 도발이 먹혔는지 토끼 가면이 어깨를 가늘게 떨었다.

당연하게도 토끼 가면 뒤에 숨은 입술이 꿈틀대는 것만 같았다.

한참을 노려보던 토끼 가면은 내공을 담아 외쳤다.

"아무도 너희를 구하러 오지 않을 것이다!"

"강호 속담에 이런 말이 있지…….."

한빈이 말끝을 흐리며 피식 웃자, 토끼 가면의 어깨가 다시 떨렸다.

"속담이라고?"

"그래도 궁금하긴 한 모양이지?"

"……."

토끼 가면의 어깨가 점점 크게 떨렸다.

가면 너머의 표정이 보지 않아도 훤할 정도였다.

그 모습에 한빈이 다시 말을 이었다.

"살아남는 자가 진정으로 강한 자라는 말! 들어 봤나?"

"흥, 시간을 벌려는 속셈이었군. 그런 격장지계에 내가 넘어갈 것 같으냐?"

"격장지계가 아니라, 나는 너희에게 도망칠 기회를 준 거야."

"우리에게 도망칠 기회를 줬다고? 덫에 걸린 쥐 새끼도 입은 살아 있다더니. 그 속담이 딱이군."

"덫에 걸린 쥐를 보고 두려워하는 사냥꾼이라…….. 기가 차군."

"우리가 널 두려워한다고?"

"그러니 거기서 입만 놀리고 있는 것이지. 그런데 어떻게 하나? 내가 놓은 덫은 보지도 못한 것을……. 쯧쯧."

한빈이 혀를 차자 토끼 가면의 수장이 바로 반응했다.

"지금 덫이라고 했나? 아무리 눈을 씻고 봐도 덫은 안 보이는군."

"눈을 덜 씻은 게지."

한빈이 맞받아쳤다.

상대를 도발하는 강도가 점점 세지자 옆에 있던 수운은 눈을 크게 떴다.

그는 이 상황이 이해되지 않았다.

구조 요청을 보내 놓고 상대를 도발하다니?

구조 요청을 보내 놨으면 적을 안심시키고 버티는 것이 맞았다.

그런데 지금 한빈의 모습은 죽지 못해 안달 난 사람처럼 보였다.

수운은 주변을 둘러봤다.

모두는 긴장한 상태로 위쪽을 노려보고 있었다.

마치 당장이라도 맞붙을 것 같은 분위기였다.

수운은 이런 분위기가 이해되지 않았다.

지금은 그들과 맞붙을 수 있는 상황이 아니었다.

그저 줄을 잡고 버티는 것이 최선이었다.

의심 가득한 눈으로 주위를 보던 수운의 눈에 무영이 들어왔다.

뒷모습을 보니 그는 득도한 고승처럼 고즈넉한 눈빛으로 상황을 주시하고 있는 듯했다.

순간 수운의 머릿속에 그가 일지대사의 스승이라는 것이 떠올랐다.

무림삼존 중 일존의 스승이라고 하면 얼마나 강할까?

수운은 조심스럽게 그에게 말을 걸었다.

"무영대사 님!"

"날 불렀나?"

무영이 고개를 돌렸다.

순간 수운의 눈이 커졌다.

고즈넉한 눈빛은 수운의 착각이었다.

귀찮다는 표정에 졸린 눈을 하고 있었다.

느낌이 아니라 진짜로 자다 일어난 분위기였다.

수운이 조심스럽게 물었다.

"일지대사의 스승이시라면 무공도 강하시겠죠?"

"그걸 말이라고 하나?"

"그럼 어서 도와주시죠."

"뭘 도우라는 말인가?"

"저기 있는 적을 처치하고 통로를 열어 주십시오."

"자네는 내가 신선으로 보이나?"

"그게 무슨 말씀입니까?"

"내가 구름을 타고 하늘을 날 수 있는 신선으로 보이냐는 말일세."

"그건 아니지만……. 허공답보라는 게 있지 않습니까?"

"그래서 자네는 허공답보를 본 적이 있나?"

"……."

그저 눈을 끔뻑이기만 할 뿐 수운은 답할 수 없었다.

천하제일 문파라 할 수 있는 무당파에서도 허공답보의 수법은 본 적이 없었던 것이다.

물론 그와 비슷한 동작을 본 적은 있었다.

허공을 밟고 치솟는 듯한 동작은 무당파의 유운신보에도 있으니 말이다.

하지만 본질을 살펴보면 허공답보와는 궤를 달리한다.

허공답보는 허공에서 방향을 바꿀 수 있어야 한다.

허공에 기막을 펼치고 그곳을 밟고 오르는 것이 허공답보의 이치.

사람의 몸무게를 감당한 만한 기막을 펼쳐야 가능하다는 이야기였다.

말은 쉽게 하지만, 화경의 고수도 허공답보를 이룬 적은 없었다.

무영이 말을 이었다.

"사실 허공답보가 문제가 아니네. 누구도 저 진법을 깨기는 힘드네."

"진법이라 하셨습니까?"

"잘 보게. 저기에는 기관 장치와 진법이 절묘하게 섞여 있어. 아마도 저들이 마음만 먹으면 우린 이곳을 빠져나갈 수 없을 게야."

무영은 주변을 가리켰다.

그의 말대로 이곳을 빠져나가는 유일한 통로는 토끼 가면 무사가 있는 통로밖에 없었다.

아니면 천 길 낭떠러지로 뛰어내리든가 말이다.

수운이 물었다.

"그럼 저희는 죽을 때를 기다려야 하는 겁니까?"

"뭐, 이곳까지 우릴 끌어들인 자네가 책임져야 하지 않겠나?"

"제, 제가 왜 책임집니까?"

"무당을 가장 잘 아는 건 자네가 아니던가?"

"……."

수운은 입술을 잘근잘근 씹었다.

무당을 잘 안다고 생각했지만, 그것이 아니라는 것을 수운은 오늘 깨달았다.

정체 모를 적에게 당하고 있다는 것보다 자신이 문파를 모르고 있었다는 점이 더욱 당황스러웠다.

하지만 지금은 그것을 고민할 때가 아니었다.

수운은 다시 무영을 바라봤다.

"그럼 어떻게 하면 여길 빠져나갈 수 있겠습니까?"

"저 아이를 믿어 봐야지, 어쩌겠나?"

"아무리 봐도 믿을 수가……."

수운은 말끝을 흐렸다.

옆에서 시선이 느껴졌기 때문이다.

그것은 다름 아닌 한빈의 시선이었다.

한빈은 눈을 가늘게 뜨고 수운을 쏘아보고 있었다.

"도인은 저를 못 믿으십니까?"

"못 믿는다기보다는 적의 심기를 건드리는 것이 좋은 선택
같지 않아서 하는 말이오."

"이렇게 안 하면 한 번에 싹 쓸어버릴 수가 없습니다."

"어떻게 싹 쓸어버린다는 말이오?"

"그건 아직은 비밀입니다."

말을 마친 한빈이 슬쩍 위쪽을 바라봤다.

그 모습에 수운의 눈이 커졌다.

한빈의 도발이 다시 시작되었기 때문이다.

적을 향해 소리치는 한빈의 모습은 마치 죽지 못해 안달
난 사람처럼 보였다.

한빈이 토끼 가면을 향해 외쳤다.

"어서 들어오라니까!"

"……."

토끼 가면이 말없이 어깨를 떨었다.

그러다가 결심한 듯 외쳤다.

"모두 모습을 드러내라!"

동시에 다시 거슬리는 소리가 바닥에서 들려왔다.

끼긱. 끼긱.

한빈은 조용히 그곳을 바라봤다.

소리가 나는 곳은 아직까지 전각의 바닥에 붙어 탁자와 솥 뚜껑 등의 물건이 붙어 있는 쪽이었다.

그 물건들이 점점 흔들리더니 이전에 향로가 열린 것처럼 툭 하고 바닥이 통째로 열렸다.

전각의 비밀 통로는 하나가 아니었던 것.

통로가 열리고 토끼 가면을 쓴 무사들이 고개를 내밀었다.

고개를 내민 토끼 가면의 시선이 모두 한빈에게 몰렸다.

사면초가, 아니 백척간두의 상황이라고 해야 정확할 것이 다.

한빈 일행은 가느다란 실 하나에 매달려 있는 상황.

손가락 하나만 까딱해도 천 길 낭떠러지로 떨어질 것이 불 보듯 훤했다.

하지만 한빈은 아무렇지 않게 검지로 토끼 가면을 쓴 무사 들을 가리켰다.

"하나, 둘, 셋……."

다섯까지 센 한빈이 피식 웃음을 터뜨렸다.

"품, 가관이군. 그 정도로 날 잡겠다고? 아무리 생각해도 이해가 되지 않는군. 아까 분명히 초아라는 아이에게 토설을 받았다고 들었는데, 겨우 그 정도로 날 잡으러 왔다라…….
다시 생각해 봐도 이해가 안 돼!"

한빈은 고개를 휘휘 저었다.

순간 수장으로 보이는 토끼 가면의 어깨가 지진이라도 난 것처럼 떨렸다.

토끼 가면은 못 참겠다는 듯 오른손을 번쩍 들었다.

동시에 다른 통로에서 활이 하나씩 튀어나왔다.

그들은 화살을 넣고 시위를 당겼다.

물론 그들의 화살촉은 모두 한빈을 향하고 있었다.

그 옆에 있던 수운은 한빈의 소매를 끌어당겼다.

왜 그리 자극을 하느냐는 무언의 충고였다.

하지만 한빈은 수운을 보며 해맑게 웃었다.

"도인, 어떤 일이 있어도 이 끈을 놓치면 안 됩니다."

"그게 무슨 말이오? 지금 그 전에 다 죽게 생기지 않았소?"

"저들의 공격은 걱정하지 마시고 이 끈을 놓지 마십시오."

"아니, 그게 무슨……."

수운이 말을 끝내기 전에 한빈이 허공으로 날았다.

직각으로 선 바닥을 밟고 가던 한빈은 단검 하나를 쏘아

냈다.

획.

묵색의 단검은 다름 아닌 만월이었다.

하오문의 신물이자 칠대기보 중 하나인 단검.

단검은 파공성을 내며 토끼 가면이 있는 곳을 향해 날아갔다.

슝.

놀란 토끼 가면이 잽싸게 신형을 숨겼다.

만월은 그대로 수장 토끼 가면이 있던 공간을 지나쳐 위쪽에 박혔다.

순간 한빈은 용린검법의 초식을 펼쳤다.

'전광석화.'

'구걸십팔보.'

한빈이 허공을 날아올랐다.

물론 진짜 허공답보는 아니었다.

다른 이들의 눈에만 그리 보일 뿐이었다.

한빈과 만월 사이를 지탱해 주는 것은 천잠사였다.

천잠사 덕분에 한빈은 자유롭게 움직일 수 있었던 것이다.

한빈이 쓰는 천잠사는 일행이 쓰는 천잠사보다 얇은 탓에, 마치 허공을 가로지르는 것처럼 보였다.

가장 놀란 것은 수운이었다.

무영조차도 불가능하다는 허공답보를 펼치는 한빈의 모습

이 경이롭게 보였기 때문이다.

"대, 대사! 대체 어떻게 된 것입니까? 우리 태극검제께서도 못 펼치는 허공답보를 어찌 저 소협이 펼칠 수 있다는 말입니까?"

"허공답보가 아니네. 쉿."

"저게 허공답보가 아니라고 하셨습니까? 대사."

"잡기에 불과하지. 하지만 적의 눈에만 그리 보이면 그것으로 충분한 게지. 자네 눈에 그리 보였으니 저 아이의 계책은 성공한 것 같네."

"그 계책이 무엇입니까? 대사."

"그건 나도 모른다네."

무영은 고개를 조용히 저었다.

한빈의 난데없는 허공답보에 주변은 웅성거리기 시작했다.

물론 토끼 가면도 마찬가지였다.

놀란 토끼 가면이 외쳤다.

"저, 저건 허공답보……. 모두 조심하라!"

"늦었어!"

한빈이 짧게 외친 후 토끼 가면의 수장을 향해 날아갔다.

동시에 한빈은 월아를 뽑았다.

스릉.

직각으로 된 벽을 평지처럼 움직이는 한빈의 모습은 묘하기 짝이 없었다.

　무영도 불가능하다고 한 허공답보를 한빈이 펼치고 있는
것처럼 보였다.

　토끼 가면과의 거리는 불과 세 걸음.

　한빈은 눈을 가늘게 뜨고 숫자를 헤아렸다.

　둘.

　하나!

　동시에 한빈은 재빨리 방향을 바꿨다.

　갑자기 물러난 한빈의 모습에 주위 사람들은 고개를 갸웃
했다.

　그것도 잠시, 그들은 한빈이 왜 물러났는지를 알 수 있었
다.

　한빈이 향하던 통로 주변에서는 수백 개의 은침이 쏟아져
나왔다.

　피슉. 피슉.

　굳이 무공에 비유하자면 사천당가의 만천화우와 비슷했
다.

　암기 하나하나가 지독한 냄새를 풍겼다.

　멀리서 지나가는데도 코를 찌르는 것으로 봐서는, 암기에
독이 묻혀 있음이 분명했다.

　토끼 가면은 웃으며 말했다.

　"네놈이 독에 일가견이 있다 들었다. 가장 자신 있는 수법

에 당하는 기분이 어떠냐?"

"꽤 향기로운 은침이군."

"아직 입이 살았군. 모두 저놈을 향해 쏘아라!"

토끼 가면 수장의 외침에, 여러 통로에서 화살이 날아왔다.

슝.

화살뿐이 아니라 암기도 함께 날아왔다.

피슉.

지금의 장면만 보면 마치 공성전 같았다.

하지만 한빈을 맞히기에는 역부족이었다.

비록 천잠사에 몸을 의지하고 있지만, 한빈이 펼치는 구걸
십팔보는 눈으로도 좇기 힘들었다.

한빈은 번개와도 같은 속도로 그들의 공격을 벗어났다.

공격을 피하면서도 한빈은 계속 그들을 도발했다.

점점 늘어나는 적의 숫자에도 한빈은 도발을 멈추지 않았
다.

마치 이제까지 쌓였던 짜증을 적에게 모두 털어놓는 것도
같았다.

"그것 가지고 나를 잡겠다고? 내가 득도해서 등선하는 것
이 더 빠르겠다."

"입만 살아 있는 줄 알았더니 미꾸라지처럼 빠져나가는 재
주도 있었군. 놀라워!"

토끼 가면의 수장도 지지 않겠다는 듯 외쳤다.

하지만 그의 말에 한빈은 대꾸도 하지 않았다.

그저 심각한 얼굴로 고개를 내저을 뿐.

한빈이 갑자기 입을 다물자 토끼 가면의 수장이 몸을 부르르 떨었다.

침묵마저도 격장지계로 본 것이다.

이제는 가면까지 부르르 떨리는 상황.

극도로 흥분하고 있음이 분명했다.

토끼 가면은 무시한 채, 한빈은 직각으로 된 전각의 바닥을 평지처럼 누비고 다녔다.

무영의 옆을 지나가던 한빈이 외쳤다.

"어르신도 꼭 잡고 계십시오!"

"대체 무슨 속셈이냐?"

무영도 참지 못하고 물었다.

사실 태연한 척하고 있었지만, 무영도 수운과 마찬가지였다.

아무리 생각해도 벗어날 방법이 없는데 자꾸 상대를 도발하고 있는 한빈의 모습이 이해가 되지 않았다.

무영은 듬성듬성 열린 통로에 있는 토끼 가면을 바라봤다.

다섯 명 정도 되던 인원이 이제는 열다섯 명 정도로 늘어나 있었다.

열린 통로도 그만큼 늘었다는 얘기.

이곳에 온 토끼 가면이 모두 모인 것 같았다.

그만큼 한빈을 향해 쏟아지는 화살과 암기는 늘어났다.

모두 한빈의 도발 덕분이다.

무영으로서도 이해가 되지 않았다.

그때 무영의 곁으로 한빈이 지나갔다.

"어르신, 이곳에 제법 큰 수맥이 흐릅니다."

"수맥이라고?"

무영이 물었을 때는 이미 한빈은 다른 곳으로 이동하고 있었다.

그때였다.

멀리서 새 한 마리가 날아왔다.

아까 보냈던 비둘기는 아니었다.

하오문의 영물이라고 할 수 있는 조조였다.

조조는 아무렇지 않게 설화에게 날아왔다.

설화는 조조의 다리에 묶인 서신을 재빨리 펼쳤다.

서신을 확인한 설화가 조조에게 먹이를 주는 것도 잊은 채 다급하게 외쳤다.

"서신에 '지금'이라고 적혀 있어요, 공자님!"

"그래, 지금부터 싹 쓸어버리자꾸나."

"쓸어요? 어떻게요? 거기에 지금요?"

설화가 눈을 크게 떴다.

"꽉 잡아라, 설화야!"

그 말에 설화가 손에 힘을 주었다.

옆에서 지켜보던 수운은 고개를 갸웃했다.

이제까지의 모든 대화가 이해가 안 갔기 때문이다.

갑자기 수맥이 흐른다느니!

싹 쓸어버린다느니 하는 말은 불가능한 일이었다.

수에서도 밀리고 위치에서도 밀리는 지금의 상황에서 어떻게 적을 섬멸할 수 있다는 말인가?

고개를 갸웃하던 수운의 눈이 커졌다.

"설마……."

이곳의 특이한 지형을 떠올린 것이다.

그는 재빨리 발아래 천 길 낭떠러지를 바라봤다.

육안으로는 보이지 않지만 구름 아래로는 폭포가 흐르고 있었다.

그 폭포는 무당산에서 명물이라 불리는 폭포였다.

이름하여 호혈 폭포.

절벽의 가운데 구멍에서 쏟아지는 줄기가 이 폭포를 만들고 있었다.

그런데 구멍의 모양이 이상하게도 호랑이 굴을 연상하게 만든다고 해서 붙여진 이름이었다.

신기한 것은 절벽 중앙을 뚫고 내려오는 거대한 물줄기가 어디서부터 흘러들어 오는지를 아무도 모른다는 것이다.

이것은 무당산의 제자들이 풀지 못한 수수께끼 중 하나였다.

수맥이니 싹쓸이니 하니, 갑자기 거대한 폭포의 물줄기가
생각나는 것은 왜일까?

수운은 고개를 흔들었다.

호혈 폭포와 지금의 상황을 연결 짓기에는 무리가 있다고
생각했다.

폭포의 물줄기를 바꾸려면 천지개벽할 일이 일어나지 않
고서는 불가능했기 때문이다.

그때였다.

왜 항상 불길한 예감은 이리 정확히 맞아 들어가는 법일까!

갑자기 전각 전체가 흔들리기 시작했다.

이것은 착각이 아니었다.

드드드.

진동을 느낀 모두가 천잠사를 쥔 손에 힘을 주었다.

손등에 힘줄이 튀어나올 정도로 말이다.

드드드.

소리는 점점 커졌다.

마치 지진이 난 것같이 봉우리 전체가 흔들리는 느낌이었
다.

그때였다.

그들의 머리 위로 물방울이 떨어졌다.

뚝.

처음에는 한 방울 떨어지던 것이, 점점 숫자를 늘려 갔다.

뚝. 뚝.

마치 소나기처럼 위쪽에서 물방울이 떨어졌다.

그것도 잠시, 물방울은 곧 물줄기로 변했다.

물줄기가 나오는 것은 토끼 가면 무사들이 있는 통로 쪽이었다.

한쪽 통로가 아닌 모든 통로에서 동시에 쏟아져 나오는 물줄기.

아직은 처마 밑을 타고 흘러내리는 빗줄기처럼 약했다.

하지만 위쪽에서는 소란이 일어났다.

당황한 토끼 가면의 수장이 외쳤다.

"모두 대피하라! 문을 닫아라!"

그 말이 끝났을 때는 물줄기가 더 거세졌다.

"무, 문이 닫히지 않아요, 조장!"

통로의 뒤쪽에서부터 들이닥치는 물줄기의 압력 때문에 문을 닫는 것조차 불가능한 상황이 되었다.

토끼 가면의 수장이 다시 외쳤다.

"모두 퇴각하라!"

"존명."

그 즉시 토끼 가면을 쓴 백경의 무사들이 통로에서 사라졌다.

아마도 모두 살길을 찾아 후퇴한 것 같았다.

물줄기는 아직도 멈추지 않았다.

멈추기는커녕 점점 거세질 뿐이었다.

쏴악!

이제는 물줄기가 분수처럼 뿜어져 나왔다.

쏴악!

기울어진 전각에 있는 통로는 시원하게 모든 것을 토해 내고 있었다.

심지어 돌덩이도 굴러떨어졌다.

이제는 물줄기가 더욱 거세져서 벽력탄이 터지는 듯한 굉음까지 들렸다.

팡. 팡.

바닥의 구멍에서 물건들을 대포알 쏘듯이 뱉어 냈다.

팡.

아악!

가끔은 비명도 섞여 나왔다.

그 소리에 설화가 고개를 갸웃했다.

"공자님, 쟤네 토끼 가면 아니에요?"

"음, 이제 서서히 쓸려 나오는구나."

"공자님, 저기 보세요."

설화가 허공을 가리켰다.

무사들의 중심에서 지휘하던 토끼 가면의 우두머리가 떨어지고 있었다.

조장은 제법 무공이 높아 보였다.

낙하하면서도 방향을 바꾸기 위해 검을 휘둘렀다.

획.

토끼 가면 수장이 휘두른 검집이 허공을 치자 파공성이 울려 퍼졌다.

팡!

순간 토끼 가면의 몸이 벽 쪽으로 붙었다.

토끼 가면은 그때를 놓치지 않고 손을 뻗었다.

덕분에 천잠사의 끝을 잡을 수 있었다.

탁.

토끼 가면이 천잠사의 끝을 잡고 매달렸다.

이제는 상황이 역전된 상태.

한빈이 아래를 보며 물었다.

"몇 가지만 묻자."

"헉. 헉."

가면 뒤로 흘러나오는 숨소리.

한빈은 잠시 쉴 틈을 주었다.

그사이에 한빈은 토끼 가면이 있는 곳으로 자리를 옮겼다.

한빈은 아래쪽을 바라보며 단검 만월을 들었다.

"이제 그만 진정하지."

"⋯⋯."

토끼 가면이 말없이 고개를 들자 한빈이 말을 이었다.

"물어볼 게 있는데……. 대답만 잘해 주면 살려 주도록 하지."

"지, 진심이냐?"

"당연하지. 내가 이래 봬도 정파에서도 협을 중시한다는 하북팽가의 막내거든."

"……그 말, 정말 진심이냐?"

"혹시 속고만 살았어? 여기 있는 분이 그 유명한 무당파의 수운 도인이거든. 못 믿겠으면 이분께 물어봐."

한빈이 수운을 가리켰다.

토끼 가면이 수운을 바라봤다.

갑자기 몰린 시선에 수운은 자신도 모르게 고개를 끄덕였다.

이것은 본능이었다.

여기서 고개를 끄덕이지 않으면 큰일이 날 것 같았기 때문이다.

한빈이 다시 아래를 바라봤다.

"무당파의 도사님도 그렇다잖아."

"아, 알았다. 궁금한 게 무엇이냐?"

"초아는 정말 살아 있나?"

"목숨은 붙어 있다."

"혹시 초아가 빼앗긴 물건이 있나?"

"아마도 속옷 빼고는 다 빼앗겼을 것이다. 그걸 왜 묻지?"

"알 것 없고 하나만 더 묻지. 백은 무당산에 있나?"

"그, 그건……."

토끼 가면이 말끝을 흐렸다.

아마도 금제 때문에 말을 할 수 없는 것 같았다.

가면 뒤로 보이는 눈빛을 보면 안다고 해도 말하지 않을 것 같지만 말이다.

상대를 바라보던 한빈이 무뚝뚝한 목소리로 말했다.

"금제 때문에 말을 못 하는군."

"우리에 대해서 이리 잘 알고 있다니……."

"그래서 하는 말인데, 미안하다."

"미안하다니, 그게 무슨 말이지?"

"내가 지키지 못할 약속을 했어."

"지키지 못할 약속이라니……."

토끼 가면은 말을 잇지 못했다.

한빈이 만월을 들어 천잠사를 그었기 때문이다.

서걱!

만월에 닿은 천잠사가 평범한 실처럼 잘려 나갔다.

토끼 가면이 악에 받쳐 소리를 질렀다.

"이런 더러운 새끼, 벼락을 맞을 놈! 다시 태어나면 네놈을……."

토끼 가면의 목소리가 점점 멀어져 갔다.

한빈이 말했다.

"내가 원래 뒤통수가 근질거리는 건 싫어해서 말이지. 그리고 난 잘못 없다. 여기 계신 수운 도인이 대신 약속한 거니까. 귀신이 돼서라도 날 찾아올 생각은 하지 않기를……."

말을 마친 한빈은 수운을 바라봤다.

수운의 눈빛은 살짝 떨렸다.

병장기가 오고 가지 않았지만, 이렇게 순식간에 사람의 목숨이 달아나는 것은 본 적이 없었기 때문이다.

상대의 생명 줄을 끊는 데 단 한순간의 망설임도 없다는 것은 말도 되지 않았다.

수운이 말했다.

"소협."

딱 호칭만 뱉었지만, 그 목소리에는 여러 감정이 담겨 있었다.

한빈이 답했다.

"저는 제 식구 살리기도 바쁩니다. 그러니 자비라는 말은 하지 말아 주십시오. 그리고……."

"그리고? 무슨 말을 하려고 하는 게요, 소협."

"마지막으로 큰 게 옵니다."

"큰 게?"

그때 다시 천잠사가 가늘게 떨렸다.

드드드.

그리고 통로에서 다시 물줄기가 쏟아지기 시작했다.

꽤 큰 소리였다.

순간 이전보다 더 거대한 물줄기가 먼 구름을 향해 퍼져 나갔다.

푸앙!

어찌나 양이 많은지 남은 물줄기가 바싹 붙어 있던 한빈의 일행을 덮쳤다.

쏴악!

그때였다.

일행 중 가장 아래에 있던 악필승이 중심을 잃었다.

휘청.

거기에 쏟아진 물 때문인지 줄을 잡고 있던 손을 놓쳤다.

한빈은 재빨리 용린검법의 초식을 떠올렸다.

'전광석화.'

'일촉즉발.'

한빈이 아래쪽으로 몸을 날리려 할 때였다.

누군가 빠른 속도로 한빈의 앞을 지나갔다.

그는 다름 아닌 무영.

무영은 떨어지는 악필승을 잡았다.

그를 움켜잡은 무영은 아무렇지 않게 기울어진 바닥을 올라왔다.

누가 봐도 이건 벽호공(壁虎功).

벽호공이란 틈새를 이용해서 가파른 경사를 오르는 무공

이다.

그런데 무영의 벽호공은 조금 달랐다.

무영이 지나온 자리에는 손가락 하나 들어갈 만한 구멍이 뚫려 있었다.

무영은 강철로 된 바닥을 손가락 하나로 기어오르고 있다.

강호에서는 볼 수 없는 신비로운 무공.

오십 년의 면벽 끝에 만들어진 무영의 한 수가 세상에 모습을 드러내는 순간이었다.

그것도 적과의 대결이 아닌 사람을 구하기 위해서 말이다.

❧

그들은 통로를 통해 안으로 들어왔다.

거대한 물줄기가 휩쓸고 간 통로는 암흑으로 덮여 있었다.

이전이라면 분명히 통로를 밝히는 횃불이 있었을 것이다.

하지만 지금은 온전한 횃불이 있을 리 없었다.

그들은 오감에 의존해서 앞으로 가야 했다.

가장 앞에 선 것은 한빈이었다.

가장 뒤쪽에서는 무영이 봐 주고 있었다.

악필승은 자신을 구한 무영에게 감동했는지 이곳에 올라와서는 그의 옆을 보좌하고 있었다.

그들은 흩어지지 않기 위해 천잠사를 잡고 일렬로 이동했
다.

한참을 가던 중 한빈이 걸음을 멈췄다.

어둠 속에서도 일행은 일사불란하게 경계 태세를 취했다.

한빈이 어둠 속을 보며 외쳤다.

"나오시오!"

# 뇌옥

한빈의 외침에 어둠 속에 가느다란 목소리가 흘러나왔다.

"우리예요."

어둠 속에서 튀어나온 인물은 하오문의 지부장 중 하나인 백미랑이었다.

백미랑은 오른손에 횃불을 들고 천천히 걸어오고 있었다.

그 뒤에는 최근에 봤던 광동진가의 진미랑이 뒤따라오고 있었다.

두 명의 지부장이 동시에 등장한 것.

그들의 등장 덕분에 통로는 환해졌다.

오감에 의지해서 통로를 지나던 이들에게 한 줄기 빛이 찾아들자, 모두는 백미랑과 진미랑을 향해 찬사를 보냈다.

훈훈한 칭찬 속에 백미랑은 준비해 온 횃불을 일행에게 나눠 주었다.

심미호가 횃불을 받자 백미랑이 자신의 횃불로 불을 전달한다.

나머지 인물도 마찬가지였다.

통로 안에 하나둘씩 불이 늘어나기 시작했다.

어둠 속에서 있다가 횃불을 보니 통로가 밝은 대낮처럼 느껴졌다.

횃불을 받은 설화가 백미랑을 향해서 방긋 웃었다.

"백 언니, 고마워요."

"우리 설화 동생, 많이 컸네."

"헤헤, 예전 그대론데요."

"언니가 컸다면 큰 거야. 내가 산문 근처에 당과 잘하는 집 알아 놨으니 여기서 내려가면 배 터지게 사 줄게."

"정말로요?"

설화가 눈을 크게 뜨자 청화도 재빨리 백미랑의 옆으로 다가갔다.

"저는요?"

"청화 동생도 많이 커졌어."

"그거 말고요. 간식 말하는 거잖아요, 언니."

"흠, 당연히 떡집도 봐 뒀지. 참, 거긴 우리 문도가 낸 가게야. 그러니까 싹 비워도 좋아."

"기대하고 있을게요, 언니."

청화가 머리가 바닥에 닿을 정도로 고개를 숙였다.

이들의 대화 덕분일까?

모두의 표정이 풀렸다.

물기에 젖은 그들의 얼굴에 여유 있는 웃음이 피어났다.

그때 수운이 한빈에게 다가왔다.

"소협, 대체 어떻게 된 일이오?"

"이분들은 제 동료들입니다."

한빈이 횃불을 나눠 주는 백미랑과 진미랑을 가리키자, 수운은 고개를 저었다.

"내 말은, 지금 상황이 이해가 안 돼서 그렇소이다."

"상황이라니, 그게 무슨 말씀입니까?"

"대체 그들은 누구란 말이오?"

"제가 얘기해도 믿지 못하실 겁니다."

"그래도 듣고 싶소."

"꼭 듣고 싶습니까?"

"그렇소이다. 말하지 않는다면 죽는 한이 있어도 여기서 한 발짝도 움직이지 않겠소."

말을 마친 수운은 자리에 앉아 입을 다물었다.

그러고는 힐끔 무영을 바라보는 것을 잊지 않았다.

말은 그렇게 해도 무영만큼은 무서운 것이 분명했다.

그 모습에 한빈이 미소 지었다.

"적에 관한 이야기는 태극검제께 직접 들어 보시는 것이 좋을 것 같습니다."

"태, 태극검제라니……."

"우리가 찾는 것도 태극검제 어르신입니다."

"태극검제를 찾을 거면 산문에서 통보하고 기다리면 될 것을, 왜 이리 어려운 걸음을 했단 말이오!"

"어려운 걸음이 아닙니다. 어찌 보면 가장 빠른 지름길을 택한 것입니다."

"아니, 나한테 귀띔만 해 줬어도 장문인 어르신이 계시는 수련동으로 안내했을 것이오."

"장문인이 그곳에 계십니까?"

"당연히 그곳에 계시지, 어디에 있겠소?"

"본 사람이 있습니까?"

"무당의 제자들이 장문인의 삼시 세끼를 확인하고 있소. 만약 이상이 있었다면 보고했을 것이 분명하오."

"만약에 누군가 대신 식사를 대신 받고 있다면요?"

"그건……."

"폐관 수련 중에는 어차피 태극검제의 얼굴을 확인 못 하지 않습니까?"

"그야 그렇지만, 무당에서 누가 감히 태극검제, 아니 우리 장문인을 해할 수 있단 말이오?"

"태극검제가 당할 사람은 아니지요. 그런데 누군가의 목숨을 잡고 있다면 달라집니다."

"그게 무슨 말이오?"

"태극검제는 무당의 제자들이 곤경에 처했다면 자신의 목숨을 내놓을 분입니다."

"대체 그게……."

수운은 말을 맺지 못했다.

한빈의 말이 맞지만, 그렇다고 장문인에게 일이 생겼다는 생각은 들지 않았다.

아니 불가능했다.

무당이 어디인가?

구대문파의 자존심이자 정파의 기둥이 아니던가!

거기에 현 장문인은 태극검제의 칭호까지 받은 인물이었다.

수운이 다시 말을 이었다.

"강호에서 우리 장문인을 해할 인물도, 어르신을 협박할 인물도 없소이다."

"우리가 아는 강호에서는 그렇겠지요."

"우리가 아는 강호라니, 그게 무슨 말이오? 우리가 모르는 강호도 있단 말이오?"

"천외천이라는 말이 있지 않습니까?"

"그런 건 없소이다."

"자신이 하늘이라 생각하면 밖에 있는 또 다른 하늘은 알 수 없는 법이지요."

"흠."

"제 생각에는 무당의 제자 중 십 분의 일은 어딘가에 갇혀 있다고 생각합니다."

"그, 그게 무슨 말이오?"

"이제부터 증명해 보이겠습니다."

"그럼 그걸 증명하기 위해 수맥을 터뜨렸단 말이오?"

"그걸 증명하기 위해서가 아니라 지름길을 만들기 위해서 입니다. 만약에 그들이 곳곳에서 우리를 노리는 상황이라면 영웅 대회가 끝나기 전까지 태극검제를 만나지 못할 겁니다. 저는 태극검제를 만나기 위한 지름길을 낸 것뿐입니다."

"그렇다고…… 그렇게 많은 사람을 죽였단 말이오?"

"전쟁터에서 어찌 적의 목숨을 고려하겠습니까? 지금 이곳은 전쟁터입니다. 잘 생각하십시오. 무당에는 아직도 적이 많이 남아 있습니다. 저희와 가시겠습니까? 아니면 이곳에 남으시겠습니까? 강요는 안 하겠습니다."

"증거가 없다면 움직이지 않겠소."

"그럼 마음대로 하시죠."

한빈이 아무렇지 않게 돌아섰다.

너무 냉정하게 돌아서는 한빈의 모습에 옆에 있던 설화조차 놀랄 정도였다.

이전까지만 해도 한빈은 수운을 보호하겠다고 장담했었다.

거기에 수운이 이 계획에서 중요한 사람이라고 밝혔었다.

그런데 이제는 마음대로 하라니?

모두가 고개를 갸웃할 때였다.

백미랑이 한빈을 향해서 포권했다.

"말씀하신 임무는 완수했어요."

"고생했습니다."

"여기서 이럴 게 아니라 일단 안전한 곳으로 피하시는 게
좋을 것 같아요. 이곳을 지나가는 수맥이 많이 불안해서, 여
기 있다가는 자칫하면 물귀신이 되기 십상이거든요."

백미랑이 자신이 걸어왔던 통로를 가리키자 한빈이 웃으
며 고개를 끄덕였다.

"그럼 안내 부탁드립니다."

"이쪽으로 오세요."

백미랑의 안내에 모두가 걸음을 옮겼다.

그때였다.

바닥에 앉아 있던 수운이 벌떡 일어났다.

수운은 사실 횃불도 받지 않았었다.

갑자기 어두워지자 고집이고 뭐고 살아야겠다는 생각이
든 것이다.

"소협."

수운의 간절한 목소리가 울려 퍼지자 앞서가던 한빈이 슬
쩍 입꼬리를 올렸다.

그 모습을 본 설화는 본능적으로 지금의 상황을 머릿속에 넣었다.

이것은 분명히 수운을 길들이기 위한 한빈의 계책이 분명했다.

앞서가던 백미랑이 걸음을 멈췄다.

그녀가 멈춘 곳은 커다란 동굴이었다.

천장에 종유석이 자라나 있는 것으로 봐서 꽤 오래된 공간임을 알 수 있었다.

대충 보니 그곳에는 물기가 없었다.

수맥은 이곳이 아닌 다른 공간에서 터졌다는 것을 알 수 있었다.

주위를 둘러보던 한빈의 눈에 들어온 것은 이곳과 연결된 것으로 보이는 네 개의 통로였다.

하나는 위쪽으로 향하는 계단.

나머지는 들어온 통로의 반대 방향에 있는 세 개의 굴이었다.

이 동굴은 자연적으로 만들어진 데 비해, 반대 방향에 있는 세 개의 굴은 누가 봐도 인위적으로 만들어졌음을 알 수 있었다.

그 증거로 통로의 모양이 완벽하게 직각이었다.

그 통로를 본 한빈이 미소를 지었다.

그러고는 세 개의 구멍 위를 바라봤다.

구멍 위에는 누군가 아무렇지 않게 갈겨쓴 듯 보이는 글자가 남아 있었다.

뇌옥(牢獄).

말로만 들어 봤던 공간을 드디어 찾은 것이다.

사실 지금 눈으로 보기 전까지는 반신반의했었다.

무당파의 원로들만 알고 있는 비밀 공간 중 하나.

아마도 이 공간을 알고 있는 자 중 살아남아 있는 사람은 그리 많지 않을 것이다.

한빈의 눈빛을 본 백미랑이 고개를 갸웃했다.

"팽 공자님, 무슨 일이시죠?"

"드디어 찾은 것 같습니다. 저길 보시죠."

"저게 뭔가요? 뇌옥이라면 여기가 감옥이라는 말이 아닌가요? 아무리 봐도 토끼굴처럼 보이는데요."

"이곳은 무당산의 감옥입니다."

"무당산에 감옥이 있었다고요?"

백미랑이 놀란 듯 눈을 크게 떴다.

그녀가 놀란 것은 무당산에 감옥이 있었다는 사실이 아니었다.

무당산에 감옥이 있다는 것을 자신이 모르고 있다는 것이었다.

백미랑은 하오문의 지부장 중 하나.

그냥 지부장이 아니라 한빈을 만나기 전까지 중원의 모든 하오문을 총괄하던 역할을 했다.

하지만 무당산에 뇌옥이 있다는 얘기는 들어 보질 못했었다.

그때 뒤쪽에서 다급한 발소리가 들려왔다.

이번에는 수운이었다.

수운은 세 개의 구멍을 보고 그 위에 뇌옥이란 글자를 보았다.

그러고는 다급한 목소리로 한빈에게 물었다.

"제자의 징벌이 이루어지는 곳은 별도로 있소이다. 이건 무당에서 만든 것이 아니오. 왜 무당에 감옥이 있단 말이오?"

그의 질문에 모두는 고개를 휘휘 저었다.

무당파에서 자란 수운이 무당의 일을 한빈에게 묻는 것이 묘했기 때문이다.

한빈이 말했다.

"이곳은 무당의 도인을 가둬 놓기 위한 곳이 아닙니다."

"그럼 누구를 가둬 놓기 위한 곳이란 말이오?"

"그건 듣지 못했습니다."

"그, 그렇다면 이곳에 대해서 누군가에게 들었단 말이오? 그게 누구요?"

"말해도 모르실 겁니다."

한빈이 고개를 저었다.

이건 사실이었다.

이곳을 발견하는 것은 아마도 십 년 후가 될 터였다.

십 년 후의 수운에게 들었다고 하면 그가 믿어 줄까?

문제는 지금부터였다.

뇌옥은 완벽한 미로라고 한다.

들어가는 것은 간단하지만, 나오는 것은 불가능한 구조라고 들었다.

그렇다면 일단은…….

한빈은 설화를 바라봤다.

"설화야, 너는 천잠사를 셋으로 나누거라."

"네, 공자님."

설화는 이미 천잠사를 정리해서 품에 안고 있었다.

통로는 세 개.

여기에 있는 인원을 셋으로 나눠야 했다.

하나는 자신이 맡고 하나는 심미호에게 맡기면 되었다.

하지만 남은 하나의 통로가 문제였다.

그곳에 가서 살아남기 위해서는 오감이 뛰어난 자를 찾아야 했다.

주변을 둘러보던 한빈이 백미랑을 바라봤다.

"이곳은 어떻게 발견하신 거죠?"

"통로를 찾다가 우연히 발견하게 된 동굴이에요. 솔직히 제가 찾은 건 아니고 광동의 지부장이 찾았어요."

백미랑이 옆에 있는 진미랑을 가리켰다.

모두의 시선이 진미랑이 있는 쪽으로 이동했다.

시선을 받은 진미랑이 어색하게 웃으며 모두에게 포권했다.

"뭐, 제 능력은 아니에요. 통로를 찾은 건 제 오라버니 덕분이에요. 오라버니의 도움을 받았거든요."

"오라버니라면, 산문에서 봤던 진두개 소협을 말씀하시는 겁니까? 진 소저."

"네, 맞아요."

"같이 왔습니까?"

"네, 사정을 말하고 같이 왔어요. 저기 보이시죠?"

진미랑이 통로의 구석을 가리켰다.

그곳에는 한 사내가 떨떠름한 표정으로 서 있었다.

그 모습에 한빈이 눈을 빛냈다.

실로 신기한 일이었다.

자세를 보면 아까부터 있던 것이 분명한데, 한빈은 저곳에서 사람의 기척을 못 느꼈었다.

이전의 만남으로 진두개가 뛰어난 후각을 지니고 있었다는 것은 알고 있었다.

하지만 저리 신기한 은신술을 가지고 있었다는 것은 이제
야 안 것!

한빈이 조용히 진두개에게 다가갔다.

"잘 지냈습니까?"

"헉!"

한빈을 본 진두개가 비명을 터뜨렸다.

"어떻게 기척도 없이⋯⋯."

"그건 제가 할 말입니다."

한빈이 의미심장한 미소를 지었다.

한빈을 본 진두개가 한 발 뒤로 물러섰다.

진두개는 사실 자신이 이곳에 왜 왔는지도 모르는 상태.

"그게 무슨 말씀인지요? 헉, 그러고 보니 산문에서 본 하
북팽가의 재수탱⋯⋯. 아, 아닙니다."

진두개가 손을 휘휘 내저었다.

반응을 보니 진두개는 전혀 상황을 모르고 끌려온 것이 분
명했다.

진두개를 아래위로 살피던 한빈이 물었다.

"어디서 배웠습니까?"

"뭘 말입니까?"

"은신술 말입니다. 어디서 배웠습니까?"

한빈이 눈을 가늘게 떴다.

지금의 질문은 진심이었다.

진두개의 은신 능력은 전생의 귀검대에 버금갔다.

광동진가면 정파에 속한 가문.

그런데 이런 은신술을 익히고 있다고?

더 이상한 것은 기척을 숨기는 기술이 너무 자연스럽다는 것이다.

이것은 정파의 것이 아니다.

그렇다고 하오문의 것도 아니다.

아무리 생각해도 의심스럽기에 솔직히 물어본 것이다.

한빈의 질문을 받은 진두개가 고개를 갸웃했다.

"무슨 말씀을 하시는지 모르겠군요. 그런 무서운 눈으로 보지 마십시오, 소협."

"내가 기척을 눈치 못 챌 정도면 평범한 훈련을 받은 것은 아닌 듯해서 물어보는 겁니다. 광동진가에도 이런 은신 비법이 있었습니까?"

"은신 비법이라니요? 저는…….”

진두개가 당황한 듯 시선을 돌렸다.

그때 뒤쪽에 있던 진미랑이 슬쩍 끼어들었다.

"우리 오라버니는 타고났어요.”

"타고났다니, 그게 무슨 말입니까?"

"원래 기척을 숨기는 재능을 타고났어요.”

"기척을 숨기는 재능을 타고났다니……. 신기한 일이군요."

"그게…….."

진미랑이 한빈의 소매를 잡아끌었다.

그녀는 진두개로부터 최대한 멀리 벗어났다.

슬쩍 고개를 돌려 진두개를 확인한 진미랑이 한빈에게 속삭였다.

"사실, 우리 오라버니한테는 비밀 아닌 비밀이 있어요."

"비밀 아닌 비밀이라니, 그게 무슨 말이니까?"

한빈이 눈을 가늘게 뜨자 진미랑이 미안한 표정을 지었다.

"우리 오라버니는 선천적으로 존재감이 없어요. 그래서 가끔은 튀어 보려고 상대를 도발하기도 하는데……. 전혀 소용없어요. 어디를 가나 존재감이 없어요."

"존재감이라……. 그럼 저게 은신술이 아니라 타고난 거란 건가요?"

"네, 존재감이 없는 거랑 선천적인 후각은 타고났어요. 가문에서는 나름대로 탁월한 생존 능력이라고 생각하고 있어요. 앞으로 우리 오라버니를 잘 부탁드려요. 주인, 아니 공자님."

"잘 부탁한다니, 그게 무슨 말씀입니까?"

"이번 일이 끝나면 데려가 주세요. 들어 보니 적혈맹호대라는 걸출한 무력대가 있다고 들었는데……. 거기 넣어 주세요. 이건 공식적인 청탁이에요."

"흠, 상대를 싹 쓸어버리는 데 도움을 줬으니 거절할 수는 없지만!"

한빈이 말을 끊자 진미랑이 눈을 반짝였다.

"조건이 있나요? 공자님."

"먼저 이유를 알고 싶습니다. 차라리 저와 친우의 관계를 맺으라고 부탁하면 될 것을, 왜 하필이면 적혈맹호대입니까?"

"적혈맹호대에 들어가면 경지를 한 번에 올려 주는 훈련을 받을 수 있다고 들었어요."

"누구한테 들었죠?"

"하오문은 모르는 게 없어요, 공자님."

"훈련 성과에 대해서는 일급 기밀인데……. 분명 내부자가 유출했군요."

한빈이 눈을 가늘게 떴다.

진미랑의 말은 사실이었다.

적혈맹호대 대원들의 대부분은 일류 근처에도 못 가는 이류 무인이었다.

하지만 지금은 대부분 대원이 일류를 넘어 절정의 경지에 올라 있다.

이류에서 일류에 도달하기까지 걸린 시간은 단 한 달.

이 사실을 알게 된다면 누구나 군침을 흘릴 것이 분명했다.

어찌 보면 이런 사실은 일급 기밀에 속하는 것이었다.

심각한 한빈의 표정을 본 진미랑이 물었다.

"누군지 찾아내실 건가요?"

"이 일이 끝나면 찾아내야죠."

"그래서 벌을 내릴 건가요?"

"아닙니다. 상을 줘야죠."

"네?"

진미랑의 눈이 커졌다.

일급 기밀을 발설한 자에게 상을 주다니?

하오문의 지부장 중 한 명인 자신도 이해할 수 없었다.

그 모습에 한빈이 씩 웃었다.

"이게 다 먹고살자고 하는 일 아닙니까?"

"먹고살자고 하는 일이라니요?"

진미랑의 표정이 살짝 흐트러지자 한빈이 어깨를 으쓱했다.

"아까 말했듯이 모든 게 거래지요. 이걸 발설한 대원은 비밀을 발설한 것이 아니라 거래를 이어 준 것뿐이고요. 뭐, 그 수련은 상품에 불과하거늘…… 왜 대원을 문책합니까?"

"경지를 높여 주는 비밀 훈련이 상품에 불과하다고요?"

"돈을 받고 팔면 상품이지요. 그런데 하나만 묻겠습니다."

"네, 얼마든지요."

진미랑은 고개를 끄덕이면서 정신없이 한빈의 표정을 살폈다.

지금 한빈이 한 말이 진심인지를 파악하기 위함이었다.

아무리 봐도 한빈의 눈에는 거짓이 보이지 않았다.

하오문을 운영하려면 상대의 거짓과 진실을 판단할 수 있어야 한다.

진미랑도 진위를 판단하는 데는 도가 튼 인물이었다.

그런데 지금 한빈은 진실만을 말하고 있었다.

사실 진미랑이 천수장의 비밀 훈련에 대해서 알게 된 것은 바로 한 달 전이었다.

일류에도 못 미치는 무사들이 일 년 만에 절정의 고수가 되었다는 전설적인 수련 방법.

누가 그 수련을 담당했는지 겨우 알아냈지만, 수련 방법에 대해서는 알려진 바가 없었다.

그 담당자가 바로 하오문의 주인이자 하북팽가의 사 공자 한빈이었다.

그때 한빈이 웃으며 말을 이었다.

"하오문 지부장으로서 부탁하는 겁니까? 아니면 광동진가의 일원으로 부탁하는 겁니까?"

"둘 사이에 차이점이 있나요?"

질문을 던진 진미랑은 눈을 빛냈다.

상대는 하북팽가 사 공자이기 전에 하오문의 주인이기도 한 자.

하오문의 지부장으로서 부탁한다면 아마도 대가를 받지 않으리라!

하지만 한빈의 대답은 의외였다.

한빈은 표정의 변화 없이 말을 이었다.

"네, 비용 청구를 어디에 하느냐죠. 이런 말 하면 각박하게 들릴 수 있겠지만, 세상에 공짜는 없는 법이니까요."

"하오문의 주인이시라고⋯⋯."

"그건 명목상 그런 겁니다. 그리고 공과 사는 철저히 해야죠. 전자입니까? 후자입니까?"

"하, 아니⋯⋯ 광동진가로 달아 두세요."

진미랑이 김빠진 얼굴로 답하자 한빈이 고개를 끄덕였다.

"알겠습니다. 그리고 적혈맹호대에 들어올 필요는 없습니다. 이번 일이 마무리된 후 그냥 계약서만 한 장 쓰면 됩니다."

"알았어요."

"확실히 감각 하나는 뛰어나군요."

"그게 무슨 말씀이에요? 공자님."

"저기 보세요. 진 소협이 위험을 감지하고 있지 않습니까?"

"아⋯⋯."

진미랑이 긴 탄성을 흘렸다.

지금 진두개는 주변을 살피며 불안에 떨고 있었다.

어떤 위험을 감지한 것이다.

그 위험이란 당연하게도 진미랑이 그를 한빈에게 넘긴 방금의 상황이다.

그때 한빈이 물었다.

"아까 들어 보니 진 소협에게 사정을 말하고 같이 왔다고 했는데, 진 소협을 어떻게 데려온 겁니까? 진 소저가 하오문의 사람인 것을 가문의 사람들이 알고 있는 겁니까?"

"그런 건 아니에요. 우리 오라버니한테는 정파, 그중에서도 천하 십대세가가 중심이 되어 조직한 비밀 결사대라고 설명했어요. 우리 오라버니가 공명심이 강하거든요. 대충 둘러대니 바로 앞장서더라고요."

"네, 상황은 알았으니 거기에 맞춰 드리겠습니다. 일단 자리로 가시죠."

"감사해요, 공자님."

진미랑이 고개를 숙이자 한빈은 빙긋 웃으며 자리로 돌아갔다.

진두개의 앞에 선 한빈이 입맛을 다셨다.

"쩝. 이제 본격적으로 얘기 나누시죠, 진 소협."

"네?"

"진 소저에게 얘기는 다 들었습니다."

"그, 그게 무슨 말씀이신지……."

"영웅이 되고 싶지 않으십니까?"

"영웅이라니요? 그렇다면 우리 미랑이가 말한 것이 사실……."

한빈이 손바닥을 보였다.

마치 더는 말할 필요가 없다는 듯 비장한 표정으로 한빈이 말을 이었다.

"지금 강호는 위기에 처해 있습니다. 알 수 없는 곳에서 온 암중 세력이 무림을 갉아먹고 있습니다."

"그 암중 세력이란 게 어떤 조직입니까?"

"그걸 알면 암중 세력이 아니죠."

이것은 사실이었다.

하지만 백경에 대한 세부 사항까지 설명해 줄 수는 없었다.

진두개가 고개를 끄덕였다.

"아, 그렇군요."

"진 소저에게 설명을 들었다시피, 우리는 정파. 그중에서도 무림세가의 후기지수로 이루어진 조직입니다. 왜 후기지수만으로 이루어졌는지 아십니까?"

"가르침을 주시죠."

진두개가 살짝 고개를 숙이자 한빈이 진지한 표정으로 말을 이었다.

"믿을 수 있는 사람이 저희밖에 없어서입니다. 그래서 이렇게 은밀하게 조사를 하는 중이고요. 그 조사에 진두개 소협의 힘이 필요합니다. 도와주시겠습니까?"

"그야 당연히……."

"왜 그러시죠?"

"그런데 저분은 누구십니까?"

"저분은 무영이란 분입니다. 그런데 왜 그러시죠?"

"후기지수로만 구성되었다고 하지 않았습니까? 후기지수 치고는 나이가 많아 보여서 말입니다."

"예리하시군요. 아무리 후기지수로만 이루어졌다지만, 우리를 이끌어 줄 원로 한 분은 필요하다는 것이 모두의 판단입니다. 그래서 모셔 왔죠."

"그렇군요. 그런데 저분은 어느 가문의 분이시죠?"

"소림, 아니 개방의 분이십니다. 아시다시피 제 임시 사부가 무제자 홍칠개 대협이십니다. 그래서 그쪽에서 소개받았습니다."

소림사의 무승이 개방의 거지로 탈바꿈하는 순간이었다.

여기에는 이유가 있었다.

통로 하나를 맡는다는 것은 뒤를 따르는 사람들의 목숨을 책임진다는 것이다.

그를 완벽하게 자신의 사람으로 만들어야 했다.

그러자면 조금의 의심도 남겨 놔서는 안 되었다.

지금 무영의 모습을 보면 영락없는 개방도.

소림사의 지체 높은 대사라고 하면 부연 설명이 필요할 터.

한빈은 이런 설명을 모두 생략하기 위해 신분까지 바꿔서 설명하고 있는 것이다.

물론 진두개에게 시간을 할애한 것은 그런 이유만은 아니었다.

진두개의 능력을 얼핏 들어 본다면 한빈이 타고난 선천적인 능력과 비슷했다.

이 일이 끝나고도 쓸모가 있는 인물이었다.

진두개가 이해했는지 미소를 지었다.

"아, 개방이라니 믿을 만하군요. 제가 질문이 많았습니다. 죄송합니다."

"그럼 도와주시는 것으로 알고 지금부터 계획을 짜 보도록 하겠습니다."

"네, 성심성의껏 돕겠습니다."

"위험한 일은 없을 테니 잘 부탁드립니다. 말씀드렸다시피 조사만 하는 겁니다. 아마 그마저도 간단히 끝날 겁니다. 그 조사만 끝나면 소협은 영웅이 되는 겁니다."

"목숨 바치겠습니다."

빛나는 진두개의 눈을 확인한 한빈이 살짝 입술에 침을 묻혔다.

한빈은 입술에 침도 안 바르고 거짓말을 할 사람은 아니었기 때문이다.


진두개가 동참하기로 하자, 한빈은 바닥에 대략적인 지도를 펴 놓고 설명을 이었다.

"자, 동굴은 세 개입니다. 그럼 인원은 몇으로 나누는 것이 맞죠?"

"셋으로 나눠야 하지 않을까요?"

진미랑이 답하자 한빈이 고개를 흔들었다.

"아닙니다. 넷으로 나눠야 합니다."

"동굴은 셋인데 왜 넷으로 나누는 거죠? 공자님."

"이곳에서 천잠사를 관리해 줄 인물이 필요합니다."

"아."

진미랑이 탄성을 터뜨리자 한빈이 계속 말을 이었다.

"그리고 미로 속에서 천잠사가 길이를 다하면 그 조는 바로 나와야 합니다."

"그런데 이곳에는 누가 남죠?"

질문을 던진 이는 심미호였다.

심미호의 질문에 한빈이 고개를 끄덕였다.

"심 부대주, 아주 좋은 질문이야."

"감사해요, 주군."

심미호가 눈을 반짝이자 한빈은 주위를 둘러보며 말을 이었다.

"그 누가 오더라도 이곳을 지킬 수 있는 자가 남아야 합니다."

"그런 사람이라면……."

모두가 한빈을 바라봤다.

한빈은 어색하게 웃으며 시선을 돌렸다.

한빈이 바라보고 있는 곳에는 무영이 있었다.

무영이 희미하게 미소 짓자 한빈이 다시 말을 이었다.

"바로 저분입니다."

순간 모두의 눈이 커졌다.

한빈이 가리킨 것은 무영이 아니라 백미랑이었기 때문이다.

한빈은 무영을 가리키는 듯하다가 시선을 돌려 백미랑을 바라봤다.

백미랑이 놀란 듯 검지로 자신의 얼굴을 가리키며 물었다.

"제, 제가 여기 남으라고요? 제가 눈치는 빨라도 무공은 그다지……."

"일단 이곳을 지킬 수 있는 사람은 눈치가 빨라야 합니다."

"눈치와 정보력만 가지고는 부족할 것 같은데요."

백미랑은 자신을 객관적으로 평가했다.

그 모습에 한빈이 웃었다.

"이곳을 지킬 사람은 백 소저지만, 백 소저를 지킬 사람은 따로 있습니다."

한빈의 말에 무영이 수염을 쓸어내렸다.

그는 마치 자신의 차례라는 듯 한 발 앞으로 나왔다.

"흠."

무영이 바로 헛기침하자 한빈이 빙긋 웃었다.

"천잠사에 대한 관리는 백미랑 소저가 해 주시고 무영대사님은 이곳을 지켜 주십시오."

"그보다 내가 안에 들어가서 돕는 게 낫지 않겠나?"

"아닙니다. 여기서 저희의 생명 줄을 지켜 주는 게 더 중요한 일입니다. 솔직히……."

"무슨 말을 하려고 그러는가?"

"적을 물리치는 일에는 대사님의 도움이 필요하지 않습니다. 정확히는 도움이 되지 않습니다."

"그게 무슨 말인가?"

"아까도 그냥 보고만 계셨죠?"

"그야……."

무영이 살짝 시선을 돌렸다.

그 모습에 한빈이 다시 말을 이었다.

"어르신 정도의 무공이라면 아까 토끼 가면 무리 중 몇 정도는 바로 목을 날리실 수 있었을 겁니다. 그런데 보고만 있으셨죠. 말은 험하게 하지만 어르신은 불가의 법도를 어긴 적이 없습니다."

"음."

무영이 수염을 쓸어내렸다.

소림의 제자들은 무서워서 무영을 멀리한다.

그런데 지금 한빈이 그의 실체를 꿰뚫고 있는 것이다.

소림의 제자보다 더 자신을 잘 아는 한빈이 그는 놀라웠
다.

❧

한빈은 첫 번째 통로로 들어갔다.
한빈과 같이 들어온 자는 다름 아닌 수운이었다.
거기에 그 옆에는 악필승이 자리 잡고 있었다.
설화는 심미호를 따라 두 번째 통로로 들어갔고 청화는 진
두개를 따라 세 번째 통로로 들어갔다.
통로로 들어가던 한빈이 걸음을 멈췄다.
"잠시만 기다리시죠."
"무슨 일이오?"
"저기 보십시오."
"뭘 보란 말이오?"
"아, 불이 너무 약하군요."
한빈이 횃불에 기름을 부었다.
화르륵.
횃불의 불꽃이 요동치자 통로가 두 배는 밝아졌다.
순간 수운이 놀라 뒷걸음쳤다.
"저, 저게 무엇이오."
수운이 가리킨 것은 앞이 막힌 벽이었다.

세 걸음 정도 떨어진 곳에는 벽이 있었는데 그 벽 때문에 더는 전진할 수 없는 상황이었다.

문제는 그 벽면이 뱀들로 가득 차 있다는 것이었다.

여러 종류의 뱀이 그 앞에 똬리를 틀고 있었다.

한빈은 한 발 앞서 나가며 말을 이었다.

"안심하십시오. 저건 독이 없습니다."

"저것 보시오. 알록달록한 것이, 누가 봐도 맹독을 품고 있는 것이 분명하오."

"모양만 저렇고, 독은 없는 종류입니다. 누군가 이곳을 지키기 위해 풀어놨을 것입니다."

"지키기 위해서라고 했소?"

"네, 맞습니다."

"저긴 막힌 벽이 아니오? 저 벽을 왜 지킨다는 말이오. 그리고 통로가 막히면 재빨리 돌아와야 한다고 다른 이에게 말하지 않았소."

"저건 겉보기에만 막혔지……. 저 뒤에는 분명히 중요한 물건이 있을 겁니다. 일단 가서 확인하시죠."

한빈이 수운의 소매를 잡았다.

수운은 기겁하며 뒤로 물러섰다.

하지만 뒤쪽에는 악필승이 버티고 있었다.

통로가 좁은 관계로 수운이 빠져나갈 자리는 없었다.

악필승은 씩 웃으며 수운을 앞으로 밀었다.

"도사님, 우리 주군의 말대로 저 뱀은 독이 없습니다."

"당신이 어떻게 아시오?"

"물려 본 제가 장담할 수 있습니다."

"저 뱀에 물려 봤다고 했소?"

"물리면 퉁퉁 부어서 거동이 불편하기는 해도, 사람을 죽일 만한 맹독은 없습니다. 그러니 안심하고 우리 주군을 따르시지요."

"헉. 그게 어떻게 독이 없는……."

수운은 말을 맺지 못했다.

뒤쪽에서는 악필승이 밀자 앞쪽에 있던 한빈이 슬쩍 옆으로 비켰기 때문이다.

수운은 자연스럽게 가장 앞쪽으로 갈 수밖에 없었다.

바로 한 걸음 앞이 뱀이 우글거리는 사굴(蛇窟)이었다.

눈앞에 있는 뱀을 보자 수운은 얼어붙었다.

무당산에 뱀이 없는 것은 아니지만, 이렇게 많은 뱀이 한곳에 몰려 있는 것을 본 것은 그도 처음이었다.

그때 뱀 한 마리가 고개를 세우더니 수운의 눈앞으로 다가왔다.

혀를 날름거리는 모습이 마치 독사 같았다.

무당산에서는 처음 보는 종류의 뱀이었다.

한빈의 말대로 이곳에 풀어놓은 뱀이 분명했다.

왜 이곳에 뱀을 풀어놓았을까?

무당에는 과연 어떤 일이 벌어지고 있는 것일까?

수운은 힐끔 고개를 돌려 한빈을 바라봤다.

시선이 마주치자 한빈은 외쳤다.

"움직이지 마십시오! 독사입니다!"

"아까 이곳에 독사는 없다고 하지…….."

말이 끝나기도 전에 한빈이 손을 뻗었다.

순간 뱀이 똬리를 풀고 힘차게 날아왔다.

쉭!

뱀과 한빈의 손이 허공에서 만났다.

한빈이 손이 멈췄을 때는 뱀이 힘을 잃고 축 늘어져 있었다.

한빈은 죽은 뱀을 아무렇지 않게 뒤로 던졌다.

수운의 옆에 선 한빈이 외쳤다.

"저 앞쪽에 태극 모양이 새겨져 있습니다!"

"아, 저건…….."

수운이 말을 멈추자 한빈이 다시 말을 이었다.

"익숙하긴 한데 저는 어떤 의미인지 모르겠군요. 사실 저는 고민됩니다. 이 문을 부수는 것과 이 문양이 뜻하는 바를 풀어서 이 문을 통과하는 방법이 있습니다. 그런데 묘하게 이 문을 부수고 싶지 않군요."

"자, 잠시만 기다리시오."

수운이 한빈의 앞을 막아섰다.

그는 문제를 풀겠다는 듯 뱀이 우글거리는 문 앞에 우뚝 섰다.

이번만큼은 수운의 감과 한빈의 감이 서로 맞아떨어진 것이다.

사실 이 문을 통과하는 방법은 간단했다.

이 정도 두께의 석벽이라면 진룡파혼검을 사용하면 간단히 통과할 수 있을 것이다.

그런데, 느낌이 안 좋았다.

위험하다는 느낌은 아니었지만, 본능이 진룡파혼검을 쓰지 말라고 말하고 있었다.

그것은 수운도 마찬가지였다.

수운은 뱀이라면 기겁을 하는 도인이었다.

그런데 이번만큼은 묘한 느낌이 왔다.

이 문을 온전히 통과하지 못하면 평생 후회할 것이라는 느낌이.

그게 어떤 감정인지는 수운도 알 수 없었다.

저 건너편에 진짜 보물이라도 있는 것일까?

잃어버린 무당의 비급?

그것도 아니라면 무당파의 보검이?

수운은 눈을 가늘게 뜨고 벽 아래에 있는 여러 개의 태극 문양에 집중했다.

뱀들이 태극 문양을 휘저으며 혼란스럽게 했지만, 수운은 집중력을 잃지 않았다.

앞쪽에 새겨진 문양은 수운이 아는 문양이 분명했다.

이 태극은 무당에서 자란 아이라면 모를 수가 없었다.

무당의 어린 제자들은 어릴 적부터 건공구공을 익힌다.

공을 태극과 팔괘의 원리에 따라 회전시키는 건공구공은 놀이이자 수련 방법이었다.

이 태극은 바로 건공구공을 나타내는 문양이었다.

수운은 태극 문양 중 하나에 손을 갖다 댔다.

휘휙.

수운은 태극을 쓰다듬었다.

쓰다듬는 모습은 마치 공을 굴리는 모습이었다.

수운의 손은 바로 옆 태극으로 이어졌다.

쓰슥.

수운의 손이 태극을 쓸듯이 보듬었다.

그때였다.

뱀 한 마리가 달려들어 수운의 손을 물었다.

한빈이 뒤에서 뱀을 물리치려 하자, 수운이 외쳤다.

"멈추시오!"

"……."

한빈은 말없이 바라보기로 했다.

태극을 쓰다듬으며 수운은 뭔가를 느낀 것 같았다.

사실 한빈도 발아래 태극이 건공구공의 단계를 뜻하는 것

임을 알고 있었다.

하지만 이 일은 수운에게 맡기고 싶었다.

이것도 한빈의 본능이었다.

한빈은 묵묵히 수운이 이 문제를 풀기까지 기다렸다.

그때 수운이 다시 뱀에게 물렸다.

하지만 수운은 손을 멈추지 않았다.

수운의 손이 점점 빨라졌다.

태극을 쓰다듬는 수운의 손이 빨라지자 벽면에서 미세한 진동음이 새어 나왔다.

한빈의 뒤에 있던 악필승이 조심스럽게 말했다.

"주군, 조심하셔야 할 것 같습니다. 저희는 조금 뒤로 물러서는 것이 어떻겠습니까?"

"악 각주. 우리가 물러서면 수운 도인은 뭐가 되겠습니까? 이럴 때는 죽어도 같이 죽고 살아도 같이 사는 겁니다."

"헉, 알겠습니다."

악필승이 눈을 크게 떴다.

그때였다.

한빈의 손이 악필승의 소매를 잡았다.

그러고는 악필승을 앞으로 밀었다.

이제 악필승이 한빈의 앞에 서게 된 상황.

한빈이 말을 이었다.

"그런 의미에서 악 각주가 앞장서시죠."

"왜 제가 앞에⋯⋯."

악필승은 말을 맺지 못했다.

갑자기 벽이 흔들리기 시작했기 때문이다.

악필승은 묘한 흔들림 뒤에 재앙이 들이닥친다는 것을 알고 있었다.

만약에 저 벽 뒤에서 물줄기라도 흘러나온다면 이곳에서 물귀신이 될 터였다.

흙이 튀어나온다면 이곳에서 생매장당할 것이고 말이다.

같이 살고 같이 죽자고 하더니 자신을 앞으로 밀어 넣은 한빈이 원망스러운 순간이었다.

하지만 악필승은 뒤돌아볼 틈도 없었다.

불길한 예감이 온몸을 감쌌기 때문이다.

악필승은 자신도 모르게 눈을 감았다.

질끈 눈을 감고 재앙을 온몸으로 받으려던 악필승은 고개를 갸웃했다.

갑자기 선선한 바람이 귓가를 스쳤기 때문이다.

"이게 무슨⋯⋯."

악필승은 천천히 눈을 떴다.

그러고는 비명을 질렀다.

"헉!"

눈앞에는 생각지도 못한 광경이 펼쳐져 있었다.

앞을 가로막았던 벽이 열린 것도 신기한데 그 안에는 죄수가 앉아 있었다.

벽 바로 뒤에 죄수가 있었던 것.

문이 열리자 벽에 쇠사슬로 묶인 죄수가 세 걸음 정도 딸려 나왔다.

저 멀리 떨어진 곳에서는 밥그릇이 뒹굴고 있었다.

그릇에서는 악취가 진동했다.

악필승은 이곳이 뇌옥이라는 것을 떠올렸다.

그렇다면 저자는 어떤 죄를 지었기에 이곳에 갇힌 것일까?

악필승은 수운을 바라봤다.

수운은 당황했는지 몸을 못 가누고 있었다.

악필승은 재빨리 다가가 휘청이는 수운을 부축했다.

"도인, 무당에 진짜 감옥이 있었습니까?"

"나, 나도 모르는 일이오."

"대체 이자는 무슨 죄를 지었기에 이런 대우를 받고 있단 말입니까?"

악필승이 이해할 수 없다는 듯 고개를 흔들었다.

그도 그럴 것이, 악필승은 요리를 대하는 마음만큼은 진심이었다.

요리 자체에도 관심이 많았지만, 자신의 요리에 미소 짓는 사람들의 얼굴을 보는 것이 좋았다.

그래서 놀랄 수밖에 없었다. 감옥이라고 하지만, 이건 말이 되지 않았다.

아무리 극악무도한 사형수라도 마지막 한 끼 식사는 진수성찬으로 차려 준다 하지 않는가.

수운이 답했다.

"나도 모르오."

계속해서 고개를 가로젓던 수운의 상체가 기울어졌다.

수운의 시선이 죄수에게 고정되었다.

그가 다급하게 죄수를 끌어안았다.

죄수를 끌어안은 수운이 한빈을 향해 외쳤다.

"구해 주시오!"

수운의 눈빛은 지진이 난 것처럼 마구 흔들렸다.

한빈이 수운이 있는 곳으로 가려다가 멈췄다.

그러고는 악필승을 바라봤다.

"악 각주."

"또 왜 그러십니까?"

"죽을 고비를 넘기고 나더니 왠지 말투가 달라지셨네요."

"아, 아닙니다."

"일단 상의 좀 벗어 주시죠."

"제, 제가 무슨 잘못을 했다고 또 그러십니까? 주군."

"잘못해서가 아니라 악 각주의 상의가 필요해서 그럽니다."

"제 옷이 필요하시다고요?"

"일단, 빨리 벗어 주십시오."

"아무래도 좀 수상하십니다."

"그럼 솔직히 말할까요?"

"네, 솔직히 말해 주십시오."

"아까 보니 안쪽에 가느다란 실뱀 한 마리가 들어가더라고요. 얼핏 보기에는 독기가 만만치 않은 놈이라……."

"악!"

악필승이 비명을 질렀다.

그와 동시에 악필승은 재빨리 자신의 옷을 벗었다.

겉옷을 벗자 한빈이 나눠 준 얇은 흉갑이 모습을 드러냈다.

만일의 사태를 대비해서 적혈맹호대와 각주들에게 나눠 준 흉갑이었다.

악필승은 흉갑도 벗었다.

탁. 탁.

급기야는 위에 입던 속옷까지 벗어 버린 악필승은 자신이 벗어 놓은 옷을 보며 고개를 갸우뚱했다.

"뱀이 안 보입니다, 주군."

말을 마친 악필승은 뭔가 생각났는지 다시 비명을 질렀다.

"설마……. 악!"

그러고는 바지까지 벗어 던진 악필승은 제자리에서 방방 뛰었다.

악필승은 상의에 뱀이 없자 아래쪽으로 들어갔다고 생각했다.

일단은 모든 옷을 벗어 던지고 뱀을 털어 내려 하는 것이
다.

그 모습에 한빈이 말했다.

"뱀은 악 각주의 옷 속에 없었습니다."

"악, 그럼 머리에……."

"머리에도 없습니다. 하도 꾸물거리기에 그냥 해 본 말입
니다. 그러니 빨리 옷부터 입으시죠. 그러다가 진짜 뱀 들어
갑니다."

"……뭐라고 하셨습니까?"

"뱀 들어간다고요. 빨리 옷 입으시죠."

"아, 왜 거짓말을 하십니까?"

악필승은 한빈을 노려보며 벗었던 바지를 잡았다.

하지만 악필승은 헛손질할 수밖에 없었다.

한빈이 먼저 악필승의 바지를 낚아챘기 때문이다.

"악. 주군, 왜 제 바지를 가져가십니까?"

"아무래도 윗도리보다는 바지가 좋을 것 같아서 말입니다,
악 각주."

말을 마친 한빈은 바지의 아랫단을 묶었다.

그러고는 뱀을 한 마리 한 마리 잡아, 바지 안쪽에 차곡차
곡 쌓았다.

바지에 뱀을 넣고는 계속 무게를 재 보려는 듯 들었다 놓
기를 반복했다.

죄수를 부둥켜안은 수운은 그런 한빈을 보고도 뭐라 하지 않았다.

오직 악필승만이 지금의 상황이 이해가 되지 않았다.

분명히 수운은 죄수를 부둥켜안고 구해 달라고 했다.

단걸음에 달려가 죄수의 상태를 봐야 할 한빈은 계속 뱀만 만졌다.

"주군, 대체 뭐 하시는 겁니까?"

"이거나 잡고 있어요, 악 각주."

한빈이 악필승의 바지를 던졌다.

휙.

반사적으로 자신의 바지를 받은 악필승이 움찔했다.

한빈이 던진 바지 안에는 수십 마리의 뱀이 우글대고 있었다.

한빈이 다시 말을 이었다.

"그거 잘 잡고 있어요, 악 각주."

"지금 이건 뭡니까?"

"이건 무게를 가늠해서 발동되는 기관 장치예요. 올라서는 사람의 무게만큼 뱀을 덜어 내지 않으면 위험합니다. 그러니 악 각주는 거기 꼼짝 말고 있어요."

"네?"

악필승은 입을 벌렸다.

그는 그제야 대충 상황을 알았다.

벽면 아래에는 무게를 가늠하는 장치가 있는 것이 분명했다.

그래서 한빈이 자신의 몸무게만큼 뱀을 덜어 내고 올라간 것이고 말이다.

악필승은 석상이 된 상태로 앞쪽의 상황을 주시했다.

죄수는 아직 벽과 연결되어 있었다.

만약 저 벽을 힘으로 격파했다면?

저 죄수의 몸도 같이 박살 났을 터였다.

거기까지 생각한 악필승은 어깨를 가늘게 떨었다.

누군지 몰라도 이 기관 장치를 만든 자가 생각보다 악랄하게 느껴졌다.

그와 동시에 움직이기가 부담스러웠다.

악필승은 숨을 죽이고 한빈을 바라봤다.

악필승의 시선에도 아랑곳하지 않고 한빈은 조용히 죄수를 바라봤다.

죄수의 몰골은 형편없었지만, 일단 숨은 붙어 있었다.

수운이 다급하게 말했다.

"사부님을 구해 주십시오."

"사부님이요? 이분이 도인의 사부님이라고요?"

"네, 제 사부님입니다. 구해 주십시오."

"사부님이 정말 맞습니까? 혹시 수운 도인은 사부님을 언제 마지막으로 보셨습니까?"

"그, 그건, 어제입니다."

"그럼 하루 사이에 사람의 몰골이 이렇게 변할 수 있다고 생각하십니까?"

"하지만 부, 분명 사부님이 맞습니다."

"증명하실 수 있겠습니까?"

"사부님은 제게 아비와 같은 분입니다. 제게 사부와 부모는 똑같습니다. 아들이 어찌 아비를 못 알아보겠습니까? 사부님은 산적에게 부모를 잃고 죽어 가던 저를 키워 주신 분입니다. 제발 구해 주십시오."

"수운 도인은 이분이 진짜 사부라면 어쩌시겠습니까?"

"네?"

"수운 도인은 지금부터 선택해야 합니다."

"그게 무슨 말씀입니까?"

"가짜와 진짜 사이에서 반드시 선택하셔야 합니다."

"가짜와 진짜라니요?"

"어제 만난 사부가 진짜라면 이분은 가짜일 겁니다. 반대로 이분이 진짜라면 어제 만난 사부는 가짜일 겁니다. 어떻게 하시겠습니까?"

"그건……."

"가짜를 죽일지, 진짜를 죽일지 선택하셔야 합니다. 어떻게 하시겠습니까?"

"가짜라면 당연히 제 손으로……."

"그 대답 잊지 마십시오. 사부님에게 한정된 이야기가 아닙니다. 사형제도 마찬가지입니다."

"그게……."

"원래 독초는 홀로 자라는 법이 없습니다. 하나의 독초가 보이면 그 근처에는 수백 뿌리의 독초가 있는 법입니다."

"……."

"도인은 제게 약속하셔야 합니다. 이분이 진짜라면 가짜와 전력을 다해 싸우실 것을요."

"야, 약속하겠습니다."

"그럼 제가 잠시 보겠습니다."

"부탁드립니다."

"상태를 보니 지금이 고비인 것 같습니다. 일단 제가 확인하겠습니다."

"의술도 아십니까?"

"저보고 구해 달라고 하지 않았습니까?"

"저는 그런 뜻으로……."

수운은 말끝을 흐렸다.

그저 본능적으로 외칠 뿐, 한빈이 의술을 익히고 있으리라고는 생각 못 했다.

물론 한빈에게 의술은 없었다.

전생에 강호를 누비던 경험과 이번 생에 얻은 용린검법의 초식이 있을 뿐이었다.

한빈이 웃었다.

"이분은 제게 맡기시고 저 수갑부터 끊어 내시죠."

한빈이 만월을 수운에게 건넸다.

만월을 받은 수운이 조심스럽게 벽에 박힌 쇠사슬을 잘라 내기 시작했다.

한빈은 그의 등에 장심을 갖다 댔다.

그러고는 용린검법의 초식을 떠올렸다.

'기사회생.'

죄수, 아니 환자의 얼굴에 생기가 점점 감돌기 시작했다.

얼굴이 붉은빛을 되찾자 환자의 입술에서 숨소리가 새어 나왔다.

"허."

그 소리에 쇠사슬을 벽에서 떼어 낸 수운이 눈을 크게 떴다.

"사, 사부님!"

"수운아, 여긴 어디냐?"

"여긴……."

수운이 말을 맺지 못했다.

뭐라 말해야 할지를 몰라서였다.

그때 한빈이 수운으로부터 만월을 낚아챈 후 다시 품에 집어넣었다.

수운이 멍하니 있자 한빈이 그의 사부를 보며 말을 이었다.

"뇌옥입니다."

"뇌옥? 그러고 보니……. 당신은 누구시오?"

그의 질문에 수운이 나섰다.

"무당을 돕기 위해 온 협객이십니다."

수운이 한빈을 처음 인정하는 순간이었다.

하지만 한빈은 기뻐하지 않았다.

수운에게 건네받은 만월을 그의 목에 갖다 댔다.

난데없는 상황에 수운이 손을 뻗었다.

"무슨 짓이오!"

"움직이지 마시죠. 조금이라도 움직이면 만월이 이분의 목숨을 끊어 놓을 겁니다."

"대체……."

수운은 말을 맺지 못하고 입술을 굳게 닫았다.

한빈이 만월을 살짝 흔들었기 때문이다.

쇠사슬을 끊어 본 수운은 만월이 얼마나 날카로운 단검인지를 알고 있었다.

쇠사슬도 가볍게 썰 정도의 단검이라면 사부의 목은 두부 썰리듯 날아갈 것이다.

잠시 어색한 침묵이 맴돌 때, 한빈이 입을 열었다.

"수운 도인이 가장 숨기고 싶어 하는 비밀은 뭔가요?"

"꼭 말해야 하오?"

"말해야 합니다. 그렇지 않으면 제자한테 죽을 수도 있습니다."

한빈은 수운을 바라봤다.

그 눈빛은 아까 한 약속을 잊지 않았냐고 되묻는 것만 같았다.

한빈은 수운에게 가짜 사부 혹은 사형제를 본다면 전력을 다해 싸우라 말했다.

수운의 사부가 어색하게 웃었다.

그러지 않아도 자글자글한 얼굴에 주름이 더해지자 애처롭게 보이기까지 했다.

그 웃음의 뒤에 사부가 입을 열었다.

"내 보검을 팔아먹은 일을 가장 숨기고 싶어 할 것이오."

"보검을 팔다니, 그게 무슨 말씀이죠?"

한빈이 고개를 갸웃했다.

그때 수운이 말했다.

"사부님의 말씀이 사실이오. 그런데 사부님이 그걸 어떻게⋯⋯."

"무당산 아래 역병이 돌 때 내 보검을 팔아 그들을 먹여 살리지 않았느냐? 네가 팔지 않아도 나는 네게 보검을 팔라고 할 생각이었다."

"사, 사부!"

그때 한빈이 말했다.

"자, 일단 거기까지 하겠습니다."

그때였다.

다시 바닥이 흔들리기 시작했다.

한빈은 악필승을 바라보며 말했다.

"악 가주, 죽기 싫으면 뛰어요."

"그게 무슨 말씀입니까?"

"돌 굴러옵니다."

"돌이라니요? 어디에 돌이……."

악필승은 말을 맺지 못했다.

바닥의 뱀들이 일제히 어디론가 이동했기 때문이다.

뱀들이 이동한 것은 벽면이었다.

벽에는 뱀이 들어갈 정도의 크기의 조그만 구멍이 나 있었다.

모든 뱀은 벽에 나 있는 구멍을 통해 어디론가 사라졌다.

악필승도 이것이 무슨 뜻인지 알고 있었다.

재앙에 가장 민감한 것이 짐승이나 곤충이라는 것은 강호인이라면 누구나 아는 사실.

악필승이 주위를 두리번거렸다.

뛰라고 얘기는 들었지만, 어디로라는 말은 못 들었기 때문이다.

그때 한빈이 벽 너머로 사라졌다.

막혔던 공간의 반대편이다.

악필승이 달렸다.

한빈에게 배운 구걸십팔보가 본능적으로 튀어나왔다.

사 삭.

뒤쪽에서 풍압이 느껴지자 악필승이 기합을 내질렀다.

"악!"

순간 구걸십팔보의 속도와 뒤쪽의 풍압이 일치하자 속도가 더욱 올라갔다.

팡!

파공성을 내며 통로를 통과한 악필승.

무사히 몸은 피했지만, 바닥에 널브러진 상태였다.

악필승의 눈에 들어온 것은 한빈이었다.

한빈이 손을 내밀었다.

"일어나세요, 악 각주."

"가, 감사합니다. 주군."

"일단 바지부터 입으시고. 그래도 바지는 잘 들고 왔네요."

한빈이 악필승의 왼손에 들린 바지를 가리켰다.

악필승은 휑한 아랫도리를 보고 다시 비명을 내질렀다.

"악!"

악필승은 재빨리 다리를 바지에 넣었다.

그때 한빈이 바지를 가리켰다.

"아랫단을 풀고 입으시죠. 그리고 뱀이 아직 남아 있는 것 같은데요, 악 각주."

"아악!"

악필승이 놀라 바지를 털어 냈다.

한빈의 말대로 바지에 남은 뱀 두어 마리가 허공을 날았다.

한빈이 악필승을 돕고 있을 때, 수운은 자신의 사부를 부축하고 있었다.

이제 겨우 몸을 가눌 상태가 된 사부는 수운을 보며 어딘가를 가리켰다.

그것은 바로 한빈이 있는 쪽이었다.

수운은 사부를 모시고 한빈의 앞에 섰다.

사부는 수운의 팔을 슬쩍 밀어 냈다.

툭.

사부는 한빈에게 정중히 포권했다.

홀로 서자 몸이 휘청였지만, 사부는 아랑곳하지 않고 깊숙이 고개를 숙였다.

"감사하오, 소협."

"일단 얘기 좀 들어 볼까요?"

한빈이 눈을 가늘게 뜨고 수운의 사부를 바라봤다.

수운의 사부가 축 늘어진 손을 부들부들 떨면서 모았다.

"구명지은에 감사드리오. 나는 현담이라 하오."

"인사는 됐습니다. 지금 상황에 대해 여쭙고 싶습니다."

"지금 내가 왜 여기에 있는지는 저도 잘……."

현담이 오히려 당황했다.

그 모습에 한빈이 차분한 목소리로 말을 이었다.

"그럼 정신을 잃기 바로 전 기억부터 떠올려 보시죠."

"마지막 기억은 영웅 대회를 준비하기 위해 서찰을 쓰던 날 밤입니다."

"그날 어떤 일이 있었습니까?"

"아무 일도 없었소. 각 문파와 세가에 보낼 서찰을 쓰다가 피곤해서 잠시 눈을 붙였을 뿐이오."

"대충 두 달은 지난 일이군요."

"두, 두 달이라니, 그게 무슨 말이오?"

"저는 하북팽가에서 왔습니다. 그 서찰을 받고 영웅 대회에 참석하기 위해서 온 것이죠. 제가 여기까지 온 시간과 무당에서 하북에 서찰이 도착하기까지의 기간이 대충 두 달은 될 겁니다."

"내가 여기에 두 달 동안 있었단 말이오?"

"그야 모릅니다. 다른 곳에 있다가 이쪽으로 자리를 옮겼을 수도 있는 일입니다."

"대체 두 달 동안 무슨 일이 있었단 말이오?"

"도인을 보니 무당에 많은 일이 있었겠군요."

"무슨 일이 있었는지 말해 주시오."

"저는 모릅니다. 앞으로 같이 알아보시죠. 도인, 지금부터 차근차근 같이 파헤쳐 보겠습니다. 정신을 잃고 중간에 눈을 뜬 적이 있습니까?"

"지금 눈을 떴소."

"지금이라고요? 다른 기억은 없나요?"

"정확히는 꿈인지 생시인지는 모르겠지만, 저승사자가 보였소. 저승사자는 내 숨을 확인하기도 했고……. 물론 정확한 기억은 아니오."

"저승사자와 무슨 말을 했습니까?"

"대화를 나눴다면 내가 어찌 이승에 있었겠소? 벌써 삼도천을 건넜을 것이오. 다만 꿈에서 얼핏 본 저승사자의 얼굴은 사람이 아니었소."

"사람이 아니라니요?"

"토끼의 얼굴을 하고 있었소. 미안하오. 내가 횡설수설해도 이해해 주시오. 지금은 꿈속의 기억만 희미하게 나서 말이오."

"꿈이 아닙니다."

한빈이 턱을 어루만졌다.

대충 어떤 상황인지는 알 것 같았다.

현담은 미혼약에 취해 있었던 것이 분명했다.

누군가 이곳을 관리하며 죽지 않을 만큼 미음을 입에 넣어 준 것이다.

만약 현담이 무인이 아니었다면 두 달이나 몸이 버티지 못했을 것이다.

"꾸, 꿈이 아니라니……."

"그 토끼 가면이 도인을 감금한 이들입니다."

"그들이 누구요?"

"누구냐 하는 것보다, 몇 명의 도인이 잡혀 있느냐 하는 점이 중요합니다."

"그게 무슨 말이오?"

"제 생각에는 아무래도 태극검제께서 잡혀 계신 것 같습니다."

"태극검제께서 잡혀 계신다고?"

"네, 그렇습니다. 이 뇌옥 안 어딘가에 계실 겁니다."

"그럴 리는 없소. 우리 장문인은 무림삼존 중 한 분이시오. 그런 분이 누구에게 납치당할 리는 없소."

"납치당하신 것은 아닐 겁니다. 아마도 스스로 금제에 당하셨을 겁니다."

"그게 무슨 말이오?"

"태극검제께는 약점이 있습니다. 그것도 아주 큰 약점이지요."

"우리 장문인에게는 약점이 없소."

"약점이 있습니다."

"내가 알기로는 없소."

"내기할까요?"

말을 마친 한빈은 다시 만월을 들었다.

그러고는 수운의 뒤로 돌아갔다.

눈 깜짝할 사이에 일어난 일에 모두가 입을 벌렸다.

오죽하면 악필승까지 석상이 되어 버렸다.

그때 한빈이 말을 이었다.

"제 손에 수운 도인의 목숨이 있습니다. 어떻게 하시겠습니까?"

"……."

"제가 손 하나만 까딱하면 수운 도인의 목이 달아납니다. 수운 도인을 살리려면 제 말에 따라야 합니다."

난데없는 상황에 수운도 눈을 끔뻑이기만 했다.

다시 한빈이 물었다.

"따르시겠습니까?"

"아, 알겠소. 무슨 말이든 따르겠소."

그의 말에 한빈이 만월을 품에 갈무리했다.

그러고는 수운의 사부, 즉 현담의 앞에 쪼그려 앉았다.

"그게 약점입니다, 현담 도인."

"잠시만 기다리시오. 대체 지금……."

"제자를 사랑하는 마음, 그것이 바로 태극검제의 약점입니다. 현담 도인처럼 말이죠."

한빈이 현담을 가리켰다.

그 모습에 악필승이 탄성을 내질렀다.

"그러니까, 지금 뇌옥에는 무당의 제자들이 잡혀 있다는 거 아닙니까? 생명을 위협당하는 제자들 때문에 태극검제는 스스로 저항을 포기한 것이고요."

"대충은……. 그런데 그중에 몇 가지가 빠졌겠지."

한빈의 어투는 하대로 바뀌어 있었다.

하지만 그것은 전혀 어색하지 않았다.

악필승에게 오래전부터 편한 말투를 썼던 것만 같았다.

같이 구사일생의 위기를 넘기자 한빈과 악필승의 관계도 어느 정도 정립된 것이다.

악필승이 고개를 갸웃하며 물었다.

"그게 무엇입니까?"

"아마도 그 전에 태금검제는 적의 함정에 당하셨을 가능성이 크지."

"함정이라면?"

"백독문에서 내가 얘기했던 혈고."

"흠."

"그 상황에서 위험을 감지하고 내게 밀서를 보내셨겠지. 그분은 제자들이 아니라면 죽음을 택하셨을 거야. 어찌 보면 다행이라고도 볼 수 있지."

"그럼 대체 이 판은 어떻게 돌아가는 겁니까?"

"한마디로 개판이지."

말을 마친 한빈은 조용히 어둠이 짙게 깔린 통로 너머를 바라봤다.

다른 때 같았으면 수운과 현담은 이 대화를 듣고 검을 뽑

앉을 것이다.

누가 봐도 무당을 비하하는 발언.

아니, 무당뿐 아니라 영웅 대회에 참석한 모두를 비판하는 말이었다.

만약 영웅 대회에서 이런 말을 했다면 모두가 검을 빼 들었을 것.

하지만 수운이나 현담, 모두 한빈의 말에 토를 달 수 없었다.

그때 한빈이 말을 이었다.

"이제 다른 도인이 있나 찾으러 가자고."

"태극검제부터 찾아야 하지 않나요?"

"그게 가능할 것 같아?"

"그게 무슨 말씀입니까? 주군."

악필승이 눈을 빛냈다.

계속 발을 빼려고 하던 그 모습이 아니었다.

사실 악필승의 가슴속에는 작은 소용돌이가 휘몰아치고 있었다.

피골이 상접한 현담의 몰골을 보고 분노한 것이다.

그만큼 악필승에게 밥은 중요했다.

악필승의 진지한 눈빛에 고개를 갸웃한 한빈이 말을 이었다.

"악 각주는 태극검제가 어디 있는지 알아?"

"제가 어떻게 압니까? 주군이 찾으셔야죠."

"내가 어떻게 알아? 나도 여긴 처음이야."

"제가 보니 이곳의 기관 장치에 익숙하신 것 같은데요."

"강호에서 먹은 칼밥이 어디 가지는 않지."

"칼밥이요? 생각해 보니 강호에 나온 지 그리 오래되지도 않으셨잖습니까?"

악필승이 고개를 갸웃했다.

사실 한빈에 대해서는 누구보다 더 잘 알고 있는 자가 악필승이었다.

한빈에게 가장 먼저 당한 하북팽가의 무사가 바로 악필승이었으니 말이다.

한빈과의 만남은 악연이자 기연.

악필승의 표정에 한빈이 말했다.

"너무 많은 것을 알려고 하지 말아, 악 각주."

"네, 알겠습니다. 그런데 저희는 어떻게 합니까? 천잠사가 저리되었는데……. 돌아가는 데 문제가 있지 않겠습니까?"

악필승은 바닥에 깔린 천잠사를 가리켰다.

천잠사는 거대한 바위에 깔려 있었다.

방금 굴러온 바로 그 바위였다.

한빈이 그 바위를 보고 말했다.

"괜찮아, 악 각주."

"저희는 괜찮다고 해도 위에 계신 무영 어르신이 걱정하지 않을까요?"

"무영대사 님 걱정은 하지 않아도 돼. 그런데 무영대사 님
하고 정이 많이 들었나 봐."

"아닙니다."

"이 김에 소림사로 자리를 옮겨 줄까?"

"사양합니다. 그곳에 제 자리는 없습니다."

"무영대사께서 악 각주의 솜씨를 탐내는 것 같은데……."

"그래서 더 싫습니다. 소림에서는 풀떼기만 먹지 않습니
까? 저는 그런 식당에서 일하고 싶지는 않습니다."

"일지대사가 스승인데도?"

"싫습니다."

"알았어, 악 각주."

한빈이 피식 웃었다.

아까보다도 결심이 굳건해진 듯 보였다.

한빈은 일단 이곳에서 숨을 돌리기로 했다.

선택은 두 가지였다.

진룡파혼검으로 거대한 바위를 부순 다음 돌아온 길로 나
가든가?

아니면 계속 전진하든가?

그때였다.

한빈은 눈을 가늘게 뜨고 어딘가를 바라봤다.

한빈이 바라보는 것은 다름 아닌 용린검법이 있는 허공이

었다.

지금 용린검법이 반짝이고 있었다.

물론 그 빛은 한빈만이 볼 수 있는 것.

그 빛은 마치 무언가를 가리키는 것 같았다.

한빈은 용린검법이 가리키는 방향으로 천천히 걸어갔다.

용린검법이 가리키는 것은 의외로 벽면이었다.

한빈은 벽면을 유심히 살펴봤다.

혹시라도 숨은 통로가 있지 않을까 해서였다.

하지만 통로는 보이지 않았다.

그렇다고 벽에 흔적이 있는 것도 아니었다.

하지만 용린검법이 쓸데없는 단서를 줄 리는 없었다.

과연 무엇일까?

한빈은 잠시 자리에 앉아 가부좌를 틀었다.

생각할 시간이 필요했기 때문이다.

그 모습에 악필승이 물었다.

"괜찮으십니까?"

"악 각주도 잠시 쉬어. 아무래도 여길 나가려면 한 두 시진 가지고는 안 될 것 같아. 일단 운기조식부터 해."

"알겠습니다, 존명."

악필승도 가부좌를 틀었다.

옆에 있던 현담과 수운도 잠시 숨을 돌리고 있었다.

그들을 확인한 한빈은 조용히 눈을 감았다.

용린검법이 알려 주려는 깨달음은 무엇일까?

한빈은 재빨리 지(智)의 구결을 사용했다.

지의 구결이 점점 줄어들었다.


[지(智) : 구십구(九十九)]

[……]


한빈의 머리가 맹렬히 돌아갔다.

얼마나 지났을까.

한빈의 눈이 커졌다.

용린검법이 무엇을 가리키는지 해답을 찾았기 때문이다.

용린검법이 가리키는 것은 통로 자체였다.

미로처럼 구불구불한 통로.

그것은 사람을 가두기 위한 수법으로 보이지만, 아닐 수도 있었다.

한빈은 처음 들어오는 통로에서부터 여기까지의 길을 머릿속에 그려 봤다.

그 결과!

이 통로는 혈맥과 상통했다.

그 말은 통로가 진기가 흐르는 길을 나타내고 있다는 것이다.

진기를 흘려보내는 순서.

그리고 그 길.

모든 것을 종합해 보니 이곳 통로가 바로 정체불명의 심법을 담고 있었다.

이곳 통로 자체가 비급인 셈.

누가 이런 짓을 해 놨다는 말인가?

그 이유는 지의 구결로도 알 수 없었다.

어떤 의도로 만들었는지.

누가 만들었는지에 대해서는 풀 수 없는 수수께끼였다.

여기까지 생각하자 한빈은 이곳 뇌옥의 구조가 훤히 보이기 시작했다.

각 문파마다 운기하는 방법은 다르지만, 사람의 신체는 모두 동일한 법.

뇌옥 자체가 진기가 지나가는 통로라고 한다면, 이곳을 통과하는 방법은 분명히 운기조식 방법과 관련이 있을 터였다.

그 방법을 찾는다면 나가는 것이 문제가 아니라 태극검제를 찾는 일도 수월해질 것이다.

고민하던 한빈이 심각한 표정으로 자리에서 일어났다.

그러고는 눈을 감고 있는 악필승의 어깨를 톡톡 쳤다.

"악 각주, 일어나지?"

"아, 주군."

"표정이 왜 그래? 깨달음이라도 얻다 만 표정인데?"

"맞습니다. 뭔가 중요한 화두가 머릿속에 왔다 갔다 했는데 갑자기 주군이……."

악필승은 억울하다는 표정으로 한빈을 쏘아봤다.

한빈이 웃었다.

"한 대 칠 눈빛인데!"

"아닙니다."

"이제 가 봐야 할 것 같아."

"벌써요? 수운 도인에게는 조금 더 시간이 필요할 것 같습니다."

악필승이 수운과 그의 사부를 가리켰다.

수운이 사부의 등에 장심을 대고 진기를 불어 넣고 있었다.

# 흑백 논쟁

그 모습에 한빈이 손뼉을 쳤다.

짝짝.

그 소리에 수운도 동작을 멈췄다.

모두의 시선을 모은 한빈이 말했다.

"지금 출발해야 합니다. 그러지 않으면 위험합니다."

"위험하다니, 그게 무슨 말씀이오? 잠시 시간을 주시오."

"천천히 따라오시면 됩니다. 제가 천잠사를 가지고 갈 테니 그걸 잡고 따라오십시오. 하지만 안전은 장담하지 못합니다."

말을 마친 한빈은 눌린 바위 아래 천잠사를 만월로 툭 끊었다.

그러고는 천잠사의 끝을 악필승에게 맡겼다.

"주군, 그게 무슨 말이십……."

악필승은 말을 맺지 못했다.

다시 기분 나쁜 진동을 느꼈기 때문이다.

드드드.

마치 지진이라도 난 것처럼 진동은 점점 커졌다.

동시에 한빈이 통로를 가리켰다.

"모두 일단 뛰시죠. 수운 도인은 사부님을 안고, 악 각주는 그 뒤를 경계해 주고……."

악필승은 눈을 크게 떴다.

한빈의 목소리가 점점 멀어졌기 때문이다.

한빈이 자리에서 먼저 뛴 것이다.

이것이 무엇을 뜻하는지 악필승은 알고 있었다.

악필승이 다급하게 외쳤다.

"같이 가십시다, 주군! 그리고 도인도 어서 빨리!"

악필승도 달렸다.

수운의 뒤를 봐줄 여유 따위는 없었다.

악필승이 달리자 수운도 사부를 업었다.

그러고는 있는 힘을 다해 달렸다.

그는 자신도 모르게 얼마 전 깨달은 유운신보를 펼쳤다.

동시에 뒤쪽에서 굉음이 울려 퍼졌다.

우르르 쾅!

마치 천둥이 치는 듯한 소리에 수운의 등에 업힌 현담이 어깨를 움찔했다.

평소라면 이리 놀라지 않을 테지만, 그는 그만큼 약해져 있었다.

제자의 등에 업힌 현담은 조용히 눈을 감고 청력에 집중했다. 곧 뒤에서 무슨 일이 일어나고 있는지 정확히 알 수 있었다.

통로가 무너지고 있는 것이다.

이것은 실로 악랄한 기관 장치였다.

탈출하는 자를 생매장시키겠다는 설계자의 의지를 담고 있었다.

이런 악랄한 용도의 감옥이 무당산에 있었다는 것이 이해가 되지 않았다.

물론 자신이 이곳에 언제, 왜 감금되었는지도 알 수 없었다.

모든 것이 의문.

의문은 다시 걱정으로 바뀌었다.

자신에 대한 걱정이 아니라 무당에 대한 걱정이었다.

그때였다.

갑자기 현담의 머리가 밝아졌다.

지금의 상황이 조금은 낯설었기 때문이다.

현담은 눈을 뜨고 앞을 바라봤다.

어두운 통로를 거침없이 달리는 수운의 모습이 현담의 시야에 들어왔다.

현담이 말했다.

"수운아, 언제 유운신보의 오의를 깨달았느냐?"

"살기 위해서 뛰다 보니 깨달았습니다."

"살기 위해서라……. 그렇다면 지금 깨달은 것이냐?"

"아닙니다. 저기 앞서가는 공자의 뒤를 쫓다 보니 이리되었습니다."

"허, 기연이로구나."

"그게 무슨 말씀이니까?"

"유운신보를 깨달아야 익힐 수 있는 무공이 무당에는 부지기수란다, 수운아."

"갑자기 그게 무슨 말입니까?"

"조금은 의외겠지."

"네, 의외입니다. 일단 여기부터 나가고 말씀하시는 게 좋을 것 같습니다, 사부님."

"아니다. 어찌 될지 모르니 내가 중요한 초식 몇 개부터 구결을 알려 주마."

"사부님, 이러실 때가 아닙니다."

"언제 죽을지 모르는 상황이 아니더냐. 위험한 일이 닥치면 나를 버리고 이곳을 벗어나거라. 그리고 사형제들을 구하거라. 지금부터 무당의 상승 무공을 기억나는 대로 말해 주겠다. 먼저 권장법이다. 태극무력장은……."

현담은 쉬지 않고 구결을 늘어놓았다.

전력을 다해 유운신보를 펼치는 수운의 귀에 그 구결이 들어올 리 없었다.

대신 구결을 듣는 이는 따로 있었다.

그것은 바로 한빈이었다.

한빈의 속도가 줄어들었다.

한빈은 뒤쪽에서 따라오던 악필승을 먼저 보냈다.

"악 각주, 먼저 가."

"네? 왜 갑자기……."

"악 각주는 우리 하북팽가의 아침을 책임지는 사람이잖아. 그대의 목숨은 내 목숨보다 소중해."

"헉! 주, 주군."

"그러니 빨리 가! 속도를 높여. 무슨 일이 있어도 악 각주는 살아남아야 해."

"아, 알겠습니다, 주군."

악필승은 모든 내공을 구결십팔보에 쏟아 넣었다.

사실 눈물 때문에 앞이 보이지 않았다.


악필승을 앞으로 보내고 난 한빈은 그들의 대화를 유심히 들었다.

무당의 기밀을 엿들으려고 한 것은 아니었다.

그저 무인으로서의 호기심이다.

그들의 대화를 듣던 한빈이 고개를 갸웃했다.

용린검법이 반짝였기 때문이다.

용린검법이 그들의 대화에 반응한다는 것은 분명히 이유가 있을 터였다.

"새로운 용린검법의 초식?"

한빈은 앞서가며 혼잣말을 뱉었다.

이것은 진심이었다.

구결을 획득해서 배우는 초식도 있었지만, 외부로부터 배울 수 있는 초식도 존재했다.

한빈이 알고 있는 사실에 따르면 이 모든 것이 용린검법의 흔적이라고 했다.

용린검법의 흔적이 남아 있는 강호의 무공은 제법 많았다.

진룡파혼검에서부터 구걸십팔보까지…….

꽤 많은 초식을 외부로부터 획득했다.

지금도 마찬가지다.

현담이 읊어 주는 구결에 용린검법이 반짝이고 있다.

분명히 강호에 흩어진 용린검법의 흔적이라고 생각하려던 한빈은 이곳이 사람의 신체를 본떠서 만든 통로라는 것을 깨달았다.

이곳이 통로라는 것을 깨우쳐 준 것도 용린검법.

순간 한빈의 입꼬리가 살짝 올라갔다.

뇌옥의 통로에 대한 깨달음을 얻으면서 일차적으로 전체

적인 지도를 머릿속에 띄울 수 있었다.

그리고 지금 현담이 읊어 주는 구결로 인해서, 통로를 어떻게 통과할지에 대한 정확한 방법까지 깨달은 것이다.

🐦

한편 통로 밖에서 천잠사를 쥐고 있던 무영의 눈이 커졌다.

갑자기 줄이 팽팽해진 것이다.

무영은 줄을 슬쩍 당겨 봤다.

하지만 천잠사는 끌려오지 않았다.

이게 어떻게 된 일일까?

무영은 슬쩍 옆을 바라봤다.

그곳에는 백미랑이 심각한 표정으로 마른침을 삼키고 있었다.

손톱을 잘근잘근 깨무는 것이, 많이 불안한 듯 보였다.

무영은 조용히 백미랑에게 다가갔다.

"잠시 다녀오겠다."

"어딜 다녀오시겠다는……."

백미랑이 고개를 살짝 기울이자 무영이 다시 말을 이었다.

"아무래도 저곳을 가 봐야겠구나."

무영이 통로를 가리키자 백미랑이 고개를 끄덕였다.

"저도 따라가야 할 것 같아요."

"그래, 마음대로 하려무나."

말을 마친 무영이 힐끔 백미랑을 바라봤다.

그러고는 아무렇지 않게 백미랑의 검을 낚아챘다.

휙.

그는 낚아챈 검을 바닥에 박았다.

푹.

검이 아무런 저항 없이 바닥에 박혔다.

그 상태에서 무영은 천잠사를 검의 손잡이에 묶었다.

무영이 천천히 통로로 다가갔다.

무영은 세 개의 통로를 차례대로 바라봤다.

세 개의 통로를 동시에 살펴볼 수는 없는 일이었다.

무영은 첫 번째 통로로 다가갔다.

이것은 무영의 마음이었다.

묘하게 끌리는 한빈 때문이었다.

막 첫 번째 통로에 발을 디디려는 순간이었다.

통로 앞쪽에서 풍압이 밀려왔다.

팡!

밀려오는 풍압에 무영이 멈칫했다.

순간 풍압이 흙더미를 밀어냈다.

쏴악!

흙더미가 무영을 덮쳤다.

하지만 먼지 한 톨도 무영을 스치지 못했다.

뒤쪽에 있던 백미랑도 마찬가지였다.

눈을 질끔 감았다 떠 보니, 사방은 온통 흙먼지로 뒤덮여 있었다.

하지만 일정 공간은 먼지가 비껴가고 있었다.

백미랑이 나지막이 말했다.

"호신강기?"

그때 무영이 한 걸음 앞으로 걸어갔다.

순간 그의 몸 주변에서 기파가 퍼져 나갔다.

파악!

흙먼지는 순식간에 사라지고 무영은 통로의 앞에 섰다.

백미랑은 떨리는 목소리로 물었다.

"어르신, 진짜 고수셨어요?"

"지금은 그게 문제가 아니다. 저 앞을 봐라."

"아앗!"

백미랑이 비명을 질렀다.

첫 번째 통로가 무너져 내린 것이다.

문제는 두 번째 통로와 세 번째 통로도 무너져 내렸다는 점이다.

백미랑이 자신도 모르게 무영의 소매를 잡았다.

"어르신, 어떻게 안 되겠어요?"

"이건 무공으로 어찌할 수 있는 게 아니다. 일단 나가 보자

꾸나.”

무영이 천장을 가리켰다.


무영과 백미랑이 향한 곳은 무당산의 향로봉이었다.

무당의 삼대성지 중 하나인 향로봉은 가장 높은 봉우리이기도 했다.

무영과 백미랑은 조심스럽게 향로봉에 접근했다.

백미랑이 물었다.

“여기는 왜 오신 거죠? 제 생각에는 아까 그곳에서 다른 통로를 찾아보는 게 맞는 것 같아요.”

“먼저 확인해 볼 것이 있다.”

“무슨 확인이요?”

“잠시만 기다리거라.”

무영이 천천히 향로봉의 정자로 다가갔다.

그 모습에 백미랑은 고개를 갸웃했다.

아무리 봐도 이해가 되지 않았기 때문이다.

아까 무너진 통로와 이곳은 아무리 봐도 관련이 없었다.

무영은 향로봉의 정자에서 잠시 머물렀다.

무영이 본 것은 향로봉의 기둥이었다.

기둥을 뚫어지라 바라보던 무영은 그곳을 만지기도 했다.

그는 한참 동안 깊은 생각에 빠져 있는 듯 보였다.

그곳을 바라보던 무영이 다시 돌아왔다.

무영의 입가에는 묘한 미소가 맺혀 있었다.

백미랑이 다급하게 물었다.

"지금 왜 웃으시는 거죠?"

"그놈은 살아 있다."

백미랑이 눈을 가늘게 떴다.

무영이 한 이야기는 너무도 뜬금없는 이야기였다.

만난 지 얼마 되지 않았지만, 무영의 성격은 대충 짐작이 갔다.

하오문을 운영하다 보면 상대에 대한 파악은 기본.

무영은 누굴 위로하기 위해 빈말을 던질 인물은 아니었다.

그러기에 더욱 그의 말이 이상했다.

백미랑은 더욱 상세히 물어보기로 했다.

"그게 무슨 말씀이에요? 팽 공자가 무사하다는 거예요? 그럼 다른 사람은요?"

"그놈은 다른 사람을 버리고 혼자 도망칠 놈이 아니야. 그러니 다른 이들도 무사하겠지."

"다른 통로로 들어간 사람은요?"

"그야 모르지."

"팽 공자님이 무사하다는 건 어떻게 아시죠?"

"내가 예지몽을 꿨으니까……."

"예지몽을 꾸셨다고요?"

"그렇단다. 아주 오래전 예지몽을 꿨지."

"그게 무슨 말인가요? 어르신."

"원래 꿈 얘기는 아무나에게 하는 게 아니란다, 아이야."

"그럼 이거 하나만 말씀해 주세요. 일단 팽 공자는 정말 무사한 거죠?"

"아마도……."

무영은 조용히 정자를 바라봤다.

무영이 정자에서 확인한 것은 바로 백 개의 실금이었다.

그 실금은 꿈속에서 본 친구가 하루에 하나씩, 백 일 동안 그어 놓은 자국이었다.

꿈속의 자국이 이곳에 그대로 남아 있다는 것은 그것이 꿈이 아니라는 것을 의미한다.

즉, 꿈속의 아이와 하북팽가의 사 공자라고 밝힌 아이가 동일인물이란 것이다.

처음에는 막연한 생각만 가지고 있었다.

하지만 외모를 비롯해서 움직이는 작은 동작까지, 모든 것이 일치했다.

물론 그 아이가 그 꿈을 기억하고 있을 확률은 반반이었다.

무영의 꿈속 공간에 그 아이가 들어온 것일 수도 있으니까.

조금 이상한 이야기지만, 오십 년 전 꾸었던 꿈에 나온 사내도 하북팽가의 사 공자일 가능성이 크다고 생각했다.

지금의 한빈이 아닌 먼 훗날의 한빈.

그렇게 생각하니 한빈이 살아 있다고 생각할 수밖에 없었다.

두 번의 신기한 꿈은 한마디로 예지몽이었던 것.

거짓말 같지만, 정자의 기둥에 새겨진 금을 보니 안 믿을 수가 없었다.

예부터 호접지몽이란 말이 전해 내려오지 않은가?

현실과 꿈의 경계는 때로는 모호하다.

불가나 도가에서는 이런 꿈을 선몽(仙夢)이라고 하기도 한다.

"등선을 앞두고 꾼다는데……."

무영이 말끝을 흐리자 백미랑이 물어봤다.

"지금 뭐라고 하셨어요? 등선이요?"

"아무것도 아니다. 그보다 우린 그놈을 맞이할 준비나 하자꾸나."

무영은 의미심장한 표정을 지었다.

조금 전 괴팍한 늙은이의 표정이 아니었다.

무영은 갑자기 득도한 고승의 분위기를 피워 내고 있었다.

영웅 대회가 개최되고 있는 태극전.

그곳에는 강호의 내로라하는 문파와 무림세가 들이 모두 모여 있었다.

그중에는 아직도 모습을 드러내지 않는 태극검제를 궁금해하는 이들도 있었다.

"왜 태극검제가 모습을 보이지 않으시지?"

"그러게 말일세. 그러고 보니 이번에는 소림에서도 오지 않았다지."

"소림이야 이런 행사에 참석 안 하는 것으로 유명하지 않나?"

"허허, 아무리 그래도 오랜만에 열리는 영웅 대회인데 소림이 없다니 섭섭하구먼. 게다가 이번에는 중원의 안위를 위해서 이렇게 모인 것이 아닌가?"

"흠, 그런데 갑자기 중원의 안위라니, 난 그게 더 이해가 안 되는군."

"하긴, 나도 이해가 안 된다네. 마교도 봉문한 지 꽤 시간이 흘렀고 사파도 잠잠하지 않은가? 대체 누구와 맞서서 백성들의 안위를 지킨다는 것인가?"

"그러게 말일세. 그런데 자네는 그거 들었는가?"

"뭐 말인가?"

"여기에 강북 지역의 유명한 명의가 온다고 들었네."

"명의?"

"정확히는 하북 지역의 명의라고 하네."

"흠, 처음 들어 보는 말일세. 우리가 아는 명의라고 하면 강남 화타 이재학이 아니던가? 그 양반 말고 또 신의가 있다고?"

"신의가 아니라 명의이네."

"신의나 명의나 그게 그거 아닌가?"

"조금은 다르지. 원래 직업은 승려라 하더군."

"승려라고? 승려가 의술에 능하다는 말인가?"

"의술에 능한 승려라고 해서 하북 지역에서는 생불이라고 불린다고 들었네."

"허허, 하북 지역에 유명한 사찰이 있던가?"

"유명한 사찰이 아니지만, 천수사라는 절이 있다고 들었네."

"천수사……. 처음 들어 보네만. 역시 이렇게 모두가 모여야 새로운 소식도 들을 수 있군."

"그런데 지금 내가 한 이야기는 비밀로 해야 하네."

"그게 왜 비밀인가?"

"이번에 그 명의를 만나게 되면 날 치료해 달라고 부탁할 걸세."

"자네 어디 아픈가?"

"허, 벌써 잊고 있었나?"

"뭘 잊었단 말인가?"

"여기 보게……. 상태가 점점 심해지고 있네."

그는 두건을 살짝 풀어 머리 안쪽을 친우에게 보여 줬다.

그것을 본 친우의 표정이 어두워졌다.

"대체 무슨 일이 있었기에 몇 가닥밖에 남지 않았단 말인가?"

"요즘 걱정거리가 좀 있어서 잠을 못 잤더니 이리되었다네. 자네는 어떤가?"

"나도 마찬가지이네."

"그럼 우리 같이 그 명의를 만나지 않겠는가?"

"나야 그러면 좋지만……. 그 명의가 누군지도 모르는데 어떻게 만나나."

"내가 돈을 좀 써서 알아봤다네."

"그래서?"

"그 명의가 하북팽가 출신이라고 하네."

"하북팽가?"

"그 하북제일의 겁쟁이라 불리던 친구가 하나 있지 않은가?"

"그건 강호에서 유명하지 않은가?"

"그 친구가 가문을 나와서 승려가 되었다는군."

"그게 정말인가?"

"어찌 보면 당연한 게 아닌가? 칼을 무서워한다는 것은 기본적으로 측은지심이 깔려 있다는 이야기. 그러니 명의가 된 것이지. 중요한 것은 앉은뱅이를 둘이나 일으켰다고 하더군."

"정말인가? 그럼 강남 화타 이재학보다 한 수 위가 아닌가? 그런데 아무리 생각해도 거짓말 같군. 하북팽가에서 그들의 수치를 감추기 위해서 거짓을 퍼뜨린 게 아닌가?"

"아니네! 사천 땅에서도 앉은뱅이 하나를 일으켜 세웠다네. 아, 저기 오는군."

"어디 말인가?"

"저기 보게. 저기 앞에 오는 이가 하북팽가의 대공자 아닌가?"

"그 명의는 어디 있는가?"

"하북팽가에서 꼭꼭 숨겨서 다닌다고 하더군."

"꼭꼭 숨겨?"

"다른 세가에 뺏길까 두려운 거지."

말을 마친 강호인은 천천히 하북팽가의 행렬로 자리를 옮겼다.

그는 팽혁빈의 앞에 섰다.

"오랜만에 뵙습니다, 팽 소협."

"죄송하지만……. 누구신지?"

팽혁빈이 고개를 갸웃하자 그가 입을 열었다.

"지난번에 정의맹에서 한 번 본 일이 있었지 않습니까? 호남의 조씨검가……."

살짝 말끝을 흐리며 팽혁빈의 눈치를 보는 사내.

팽혁빈은 애써 가며 기억을 더듬었다.

앞으로 가문을 이끌어 나갈 팽혁빈에게 가장 중요한 것은 하나였다.

바로 적을 만들지 않는 것이었다.

적은 말 한마디의 실수로 생길 수 있었다.

열 명의 친구를 만드는 것보다 한 명의 적을 만들지 않는 게 가문 정치에서는 중요했다.

기억을 더듬던 팽혁빈이 눈을 반짝이며 답했다.

"조양희 대협 맞으시죠? 호남의 조씨검가라고 하니 이제야 기억이 납니다. 오랜만에 뵙습니다."

"아, 조양희 대협은 저희 사돈입니다."

"그럼…….."

"그러니까, 그 사돈어른의 팔촌이 바로 접니다. 일단 이거 받으시죠. 약소합니다."

사내가 주머니 하나를 건네자 팽혁빈은 재빨리 손을 내저었다.

대충 어떤 상황인지 팽혁빈은 눈치채고 있었다.

숙소를 배정받고 무당파의 경내를 돌아다니면서 벌써 열 번도 넘게 겪은 일이었다.

팽혁빈이 한숨을 쉬며 말했다.

"제 아우를 보러 오셨다면 직접 말씀하시는 게 좋을 것 같습니다."

"소협께서 직접 말해 주시는 게……."

"아닙니다. 병 때문에 오신 거라면 아우에게 직접 말씀하시지요. 다만, 가문에 볼일이 있으신 거라면 제게 말씀하시면 됩니다."

"하북팽가에도 볼일이 있습니다. 저희 왕가장에서는 호남의 명주라는 양하주를 유통하고 있습죠."

무인에서 완벽한 장사꾼이 된 사내.

팽혁빈은 그 사내의 이야기를 들어 주다가 자리를 옮겼다.

팽혁빈으로서는 미치고 팔딱 뛸 노릇이었다.

아우 한빈은 먼저 무당산으로 들어가라는 쪽지를 남겨 놓고 사라졌다.

그런데 짐을 풀고 나니 듣지도 보지도 못한 문파들이 하루살이처럼 달려들었다.

그렇다고 내치지도 못하는 게, 이런 영웅 대회에서 처신을 잘못했다가는 상대 지역 전체를 적으로 만들 수도 있었다.

여럿이 모인 자리에서는 반드시 혀를 조심해야 했다.

이는 강호를 주유하며 팽혁빈이 느낀 것이었다.

더 황당한 것은 한빈에 대한 소문이었다.

어떤 이는 도사로 알고 있고 어떤 이는 승려로 알고 있기도 했다.

어떤 이는 하북팽가의 숨겨 놓은 자식으로 알고 있는 이들도 있었다.

처음에는 천시하다가 의술이 빛을 발하니 그제야 품었다

는 소문도 있다.

팽혁빈은 가끔은 고개를 끄덕일 때도 있었다.

처음에 가문에서 한빈을 어떻게 취급했던가?

나중에 알게 된 이야기지만, 팽혁빈이 가문을 떠나 강호를 주유하는 동안 아우는 말도 못 할 고초를 겪었다고 했다.

이 부분에 대해서는 아우에게 평생 갚아야 빚이라고 팽혁빈은 생각하고 있었다.

상념을 털어 낸 팽혁빈은 재빨리 천하 십대세가가 모인 자리로 걸음을 옮겼다.

팽혁빈을 본 천하 십대세가의 대표들이 눈을 크게 떴다.

모두가 반갑게 팽혁빈을 맞아 주었다.

이들은 잠시 장소를 옮겼다.

❦

태극전의 한쪽에 있는 회의실.

천하 십대세가의 수장들은 심각한 얼굴로 서로를 마주 보고 있었다.

먼저 입을 연 이는 남궁세가의 남궁장천.

사천당가에서 치러진 무가지회를 이끈 이였다.

남궁장천은 목소리를 가다듬더니 조심스럽게 입을 열었다.

"여러분들께 중요한 말씀을 드려야 할 것 같습니다."

"말씀해 보시지요."

팽혁빈이 작게 고개를 숙이자 남궁장천이 수염을 쓰다듬으며 모두를 바라봤다.

"몇몇 가문의 수장들께는 미리 말씀드린 사항이긴 하나, 거리상 전달 못 한 부분이 있기에 다시 말씀드립니다. 험."

다시 수염을 쓰다듬는 남궁장천.

체면과 예의가 우선시되는 자리이기에 더욱 신중을 기하는 것 같았다.

잠시 틈을 둔 그가 다시 말을 이었다.

"이번에 상의해야 할 안건은 위씨세가의 퇴출과 새로운 가문의 영입입니다."

남궁장천의 말에 여기저기서 웅성거리기 시작했다.

그도 그럴 것이, 이것은 꽤 중대한 문제였다.

천하 십대세가란 이름은 구파일방에 버금가는 무게를 가지고 있었다.

물론 무림삼존 중 둘이 있는 구파일방과 나란히 한다는 것은 어불성설이었다.

하지만 일반 백성들과 가까이 있는 것은 십대세가였다.

각 지역의 교역과 상권을 관리하고 그곳의 질서를 유지하는 임무는 십대세가와 밀접한 관련이 있었다.

이 말은 십대세가에 속하는 이는 천하 상권 중 일부를 담당하게 된다는 말과 다름없었다.

그런데 세가 하나가 빠지게 된 것이다.

바로 무가지회에서 모든 무림세가를 허수아비로 만들려고 계획했던 위씨세가.

물론 그 가주인 위상호는 비참한 최후를 맞이했지만, 그들이 관리하던 상권은 아직 건재했다.

이것을 나머지 세가들이 나눠 먹느냐?

아니면 다른 누군가에게 맡기느냐는 실로 중대한 문제였다.

남궁장천이 말했다.

"당장은 새로운 십대세가를 구축하는 것보다 현재의 구대세가 체제로 가는 것이 맞습니다. 하지만……."

"문제가 있습니까?"

황보만청이 묻자 남궁장천이 눈을 가늘게 떴다.

"구대세가 체제로 가게 되면 위씨세가가 가지고 있던 이권을 저희가 나눠야 합니다. 그리하면 차후에 새로운 논쟁거리를 만들게 됩니다."

"논쟁거리라니……. 이해가 되지 않는군요."

"어떤 검객도 사과를 정확히 구 등분으로 나눌 수는 없기 때문입니다."

"구 등분이라……."

말을 마친 황보만청이 씩 웃었다.

그는 수수께끼와 바둑 그리고 내기를 좋아하는 이였다.

그는 씩 웃으며 검을 뽑아 들었다.

그러고는 옆에 있는 호위에게 눈짓했다.

호위는 조용히 어디론가 나갔다 들어왔다.

나갔다 들어온 호위의 손에는 사과가 들려 있었다.

호위는 아무렇지 않게 황보만청을 향해 사과를 던졌다.

순간 빛이 번쩍했다.

황보만청을 향해서 날아오던 사과는 허공에서 멈췄다.

마치 시간이 정지한 것 같은 착각마저 들 시점.

사과가 탁자 위로 떨어졌다.

황보만청이 상체를 기울여 떨어지는 사과를 잡아 탁자 위에 올려놨다.

탁자 위에 올려놓은 사과를 톡 하고 건들자, 조각난 사과가 꽃봉오리처럼 벌어졌다.

그 모습을 본 황보만청이 말했다.

"확인해 보시겠소?"

"그럼 확인해 보지요."

남궁장천이 사과 조각을 펼쳤다.

마치 마작 패를 펼치듯 쫘르륵 사과를 펼친 남궁장천이 말을 이었다.

"황보가주께서는 이게 진정한 구 등분이라고 생각하십니까?"

"그럼 아닙니까?"

황보만청이 사과를 가리켰다.

사실 황보만청의 검술은 실로 놀라운 것이었다.

십 등분과 구 등분 중 어떤 것이 힘들까?

얼핏 듣는다면 전자가 어렵다고 생각할 수도 있었다.

하지만 짝수의 개수가 아닌 홀수의 개수로 나누는 것은 조금 다른 문제였다.

검을 한 번 놀리면 짝수가 되고 그것을 다시 반으로 갈라도 짝수.

처음부터 잘리는 형태를 생각하고 변초를 섞어야만 홀수로 자를 수 있었다.

다른 가주들도 그것을 놀라워하고 있었다.

하지만 남궁장천은 묘한 웃음을 지었다.

"바로 여길 보시죠."

"그것은 사과 씨가 아닌가요?"

"네, 맞습니다. 어느 조각에는 들어 있고 어느 조각에는 들어 있지 않죠. 잘 확인해 보십시오."

남궁장천이 다시 사과 조각을 가리켰다.

"그게 문제가 됩니까?"

"사과라면 문제가 안 되겠지만, 이권이라면 다르지요. 언젠가는 그 문제가 십대세가를 파멸로 이끌 겁니다."

"흠."

황보만청이 턱수염을 쓰다듬었다.

그의 말뜻을 알아들은 것이다.

지금이야 한마음 한뜻으로 뭉쳤지만, 이런 분위기가 얼마나 갈지 몰랐다.

한번 결정해 놓고 나면 그것을 바꾸기란 쉽지 않았다.

위씨세가가 남겨 놓은 이권은 사과 조각과는 비교가 안 되니 말이다.

남궁장천과 황보만청의 대화에서 모두는 이 문제가 단순하게 끝날 토론이 아님을 알고 있었다.

위씨세가가 가지고 있던 이권을 정확히 나누는 것은 불가능했다.

잘못하면 당장 오늘부터 세가 간의 다툼이 시작될 터.

남궁장천이 구석에서 수염을 쓰다듬고 있는 서생 복장의 사내를 바라봤다.

"어떻게 생각하시오? 제갈공민 군사."

모두의 시선이 구석으로 돌아갔다.

그곳에는 서생 복장을 한 제갈공민이 부채질하고 있었다.

제갈공민은 그들의 대화가 지루하다는 듯 딴청을 부리고 있었다.

그 모습에 남궁장천이 재촉했다.

"군사의 의견을 듣고 싶소. 정의맹의 군사이기도 하면서 제갈세가의 최고 지낭이라 불리는 그대의 고견이 필요하오."

"남궁 가주님. 외람되오나, 전제부터 잘못됐습니다."

"전제라니, 그게 무슨 말씀이오?"

"떡 줄 사람은 생각도 안 하고 있는데 우리가 그 떡을 어떻게 나눌까를 궁리하는 것은 말이 되지 않지요."

"그게 무슨 말씀인지 조금 쉽게 얘기해 주시오, 군사."

"지금 우리가 이런 얘기를 나눌 수 있는 게 누구 때문인지 잊지는 않으셨지요. 바로 하북팽가의 팽 소협 덕분입니다."

제갈공민의 말에 모두의 시선이 팽혁빈이 있는 곳으로 돌아갔다.

팽혁빈은 그들의 시선에 살짝 고개를 돌렸다.

지금 제갈공민이 말한 팽 소협이 자신이 아닌 것은 알고 있었다.

하지만 그들의 시선이 너무 뜨거웠다.

그들은 모두 세가를 대표하는 이들이었다.

팽혁빈도 세가를 대표해서 오긴 했지만, 와서 보니 대부분 가주가 직접 나왔다.

제갈세가의 경우는 가주가 아닌 그의 동생이 나왔지만, 제갈공민은 정의맹의 수석 군사였다.

어찌 보면 가주보다도 인지도가 높다고 봐야 했다.

쟁쟁한 이들이 하나같이 자신을 바라보자, 팽혁빈은 주눅이 든 것이다.

제법 긴 침묵이 계속되었다.

천하 십대세가의 대표들은 팽혁빈의 대답이 끝나기 전에
는 어떤 말도 안 할 것 같았다.

팽혁빈이 할 수 없이 입을 열었다.

"제 아우 말씀이시죠?"

"그렇소이다."

처음으로 대답이 흘러나왔다.

제갈공민이 씩 웃자 팽혁빈은 그제야 숨을 쉴 수 있었다.

"제 아우는 아직 도착하지 않았습니다."

"흠, 그렇다면 이 토론을 할 필요가 없다고 생각합니다. 결
정권자가 없는데 끝없는 토론을 해 봤자 무슨 소용이 있습니
까? 안 그렇소이까?"

제갈공민이 자리에서 일어났다.

그러고는 모두를 쓱 둘러봤다.

그때 남궁장천이 말을 이었다.

"팽 소협에 관한 얘기가 나와서 그런데, 팽 소협과 전에 나
눈 얘기가 있었소."

"남궁 가주와 팽 소협이 얘기를 나눴다고요? 허, 이거 섭
섭한데요."

제갈공민이 눈을 가늘게 뜨자 남궁장천이 웃었다.

"그리 섭섭해하지 마시오. 나도 위씨세가에 관련된 일을
처리하기 위해 서신을 주고받은 것뿐이오."

"그럼 팽 소협이 어떤 생각을 하고 있는지 아시겠구려."

"팽 소협의 의견은 돌려주자는 쪽이었소."

"위씨세가에 이권을 다시 돌려주자는 것입니까? 팽 소협의 성격상……."

제갈공민이 고개를 갸웃했다.

그는 한빈을 철저히 조사했다.

가문을 구해 준 은인이었지만, 정의맹에 속해 있는 군사로서 조사할 수밖에 없었다.

한빈은 상과 벌이 분명한 자였다.

위씨세가에서 벌을 받아야 할 자는 부지기수지만, 상을 받아야 할 자는 없었다.

그들의 목을 베러 가면 갔지, 그들에게 이권을 돌려줄 명분은 없다는 얘기였다.

그런데 돌려주자고?

제갈공민은 고개를 갸웃했다.

그때 남궁장천이 말했다.

"위씨세가에 돌려주자는 얘기가 아니오. 원래 위씨세가의 이권이 누구의 것이었는지 아시오?"

"그게 무슨 말입니까?"

"위씨세가의 이권 대부분은 한 가문으로부터 빼앗은 것이오."

"흠, 그러고 보니……."

"제갈 군사도 아시는구려. 그 이권의 원래 주인은 철혈검가의 것이었소."

"저도 알고 있습니다. 하지만 그들에게 돌려주는 것은 불가능합니다."

"왜 불가능하다고 하시는 것이오?"

"가주도 알고 계시지 않습니까? 철혈검가라 불리는 이씨세가의 자손들은 남아 있지 않다는 것을 말입니다."

"아니, 후손은 남아 있소."

"그, 그게 무슨 말씀입니까?"

"말 그대로 그 후손이 살아 있소. 후손이 남아 있다는 건 새로운 선택지를 생각해 볼 수 있다는 것이오."

"그 말은……."

"즉 과거 철혈검가라 불리었던 이씨세가에 이권을 돌려주고, 그들을 우리 십대세가로 편입하는 방법이오."

"정의맹의 군사인 제가 모르는 사실이 있었군요. 그런데 한 가지 문제가 있습니다."

"어떤 문제요?"

"위씨세가의 이권은 지역의 민생과도 관련이 있습니다. 강호와 전혀 관련 없는 자가 나타나 갑자기 위씨세가의 힘을 물려받는다면……."

"지역의 민생이 심각해진다는 것은 알고 있소."

"그렇게 잘 아시는 분이 그 후손을 찾아 그 자리에 앉히시겠다는 겁니까?"

"그 후손은 이미 찾았소. 아마도 제갈 군사가 아는 인물일 게요."

"제가 아는 인물이라고요?"

"일단 이곳으로 불렀으니 잠시만 기다리시오."

남궁장천의 말에 회의실 안에는 어색한 침묵이 흘렀다.

제갈공민은 걱정 가득한 눈빛으로 턱을 어루만지고 있었다.

그때였다.

회의실 문이 살짝 열렸다.

곧 눈빛이 날카로운 중년 사내가 모습을 드러냈다.

순간 여기저기서 소란이 일어났다.

"낭인왕?"

"이세명 대협이 왜 여기에?"

"천리 표국의 국주가 여기에는 무슨 일로……."

낭인왕이라 불리는 이세명의 등장에 모두는 술렁였다.

이곳은 천하 십대세가가 모이는 자리.

대부분이 이세명을 알고 있었지만, 낭인왕의 출현은 의아하기만 했다.

낭인왕 이세명은 조용히 남궁장천의 곁으로 걸어갔다.

남궁장천은 이세명을 가리켰다.

"재건된 철혈검가의 가주시오."

그 말에 모두의 눈이 커졌다.

너무 놀랐는지 물어보는 이도 없었다.

모두가 입을 떡 벌린 가운데, 이세명이 말을 이었다.

"낭인왕이라 불리는 이세명이오. 궁금한 점이 많으시리라 보오. 일단 개인적인 얘기부터 털어놓으리다. 그러니까……."

이세명은 누구의 동의도 구하지 않고 자신의 이야기를 털어놓았다.


그는 어린 동생과 함께 가문을 탈출했다.

적의 포위망을 벗어나나 했지만, 영단산에서 따라잡혀 동생을 수풀 사이에 숨기고 적을 유인했었다.

적을 처리하고 다시 와 보니 시체들이 산자락에 굴러다니고 있었다.

그중 몇몇은 벌써 늑대 먹이가 되어서 형체도 알아볼 수 없었다는 것이 그의 설명이었다.

아마도 동생은 늑대 밥이 되었으리라는 것이 얼마 전까지 이세명의 추측이었다고 한다.

그 후 그의 목표는 단 하나였다.

가문을 멸문시키고 동생을 죽인 자객 집단을 찾는 것.

그러던 와중에, 얼마 전 우연히 단서를 찾았다고 했다.

그 단서는 바로 동생의 호패 중 일부.

여기까지 말한 이세명이 고개를 돌려 누군가를 바라봤다.

그곳에는 팽혁빈이 고개를 끄덕이고 있었다.

앞의 내용은 모르지만, 여기서부터는 팽혁빈이 아는 내용이었다.

하북 전체를 얼어붙게 만든 사건의 발단이었으니 말이다.

이세명의 눈짓에 팽혁빈이 일어났다.

"여기서부터는 제가 설명하겠습니다. 그러니까……."

오래전 가주 팽강위가 영단산을 넘을 때, 무고한 양민을 학살하는 자객 집단을 발견하고는 단칼에 그들의 목을 베었다고 한다. 그중 한 자객은 아이의 목덜미에서 뭔가를 확인하고 있었다.

팽강위의 일도에 자객은 즉사했지만, 아이는 겁을 먹고 도망쳤다고 하는 것이 팽혁빈의 설명이었다.


"……그 아이가 이세명 대협의 동생일 줄은……. 몰랐습니다."

팽혁빈의 말을 이세명이 받았다.

"나는 하북팽가에 세 번의 은혜를 입었소이다. 첫 번째는 오래전 자객의 손에서 우리 동생을 구해 준 팽 대협에게 입은 은혜이고, 두 번째는 우리 동생을 찾아 준 팽 소협에 대한 은혜이오. 그리고 세 번째는 우리 가문의 원수를 갚아 준 팽가에 대한 은혜이오. 이 은혜는 절대 잊지 않겠소이다."

이세명이 팽혁빈을 향해 포권했다.

그 모습은 누가 봐도 정중해 보였다.

한 조직의 수장이 상대적으로 젊은 팽혁빈에게 보이는 예가 아니었다.

당황한 팽혁빈이 반사적으로 마주 포권하자 주변이 술렁이기 시작했다.

어느 곳에서도 들어 보지 못한 비사였다.

그 웅성거림의 끝에 이세명이 말을 이었다.

"사실 이 자리에 온 것은 철혈검가를 재건하려는 의도는 아니오. 오래전 잃었던 천하 십대세가의 자리를 찾기 위함도 아니오. 그저 인사를 드리고 싶었을 뿐이오. 그런데 팽 소협은 어디 계시오?"

이세명은 두리번거리면서 한빈을 찾았다.

다시 시선이 팽혁빈에게 모였다.

팽혁빈은 다시 심란해졌다.

과연 모두가 찾는 잘난 동생은 어디 있는 것일까.

아무래도 지금의 천하 십대세가 회의의 중요한 사안들은 한빈이 나타나야 해결될 것 같았다.

그때였다.

남궁장천이 말했다.

"일단 철혈검가가 천하 십대세가로 다시 들어오느냐 마느냐의 문제는 그냥 팽혁빈 소협이 결정해 주시는 것이 좋겠소이다."

"제가요?"

팽혁빈이 자리에서 일어나 눈을 크게 떴다.

한빈은 통로를 누비며 귀를 긁었다.

그 모습에 악필승이 물었다.

"왜 그러십니까?"

"누가 내 얘기 하는 것 같아서 그래, 악 각주."

"주군을 얘기할 사람이 한둘입니까? 아니 그중 몇은 지금 세상에 없을지도 모릅니다. 휴."

악필승이 한숨을 내쉬었다.

그가 얘기하는 것은 두 번째 통로와 세 번째 통로로 들어간 사람들이었다.

그들을 떠올린 악필승의 눈가가 살짝 촉촉해졌다.

한빈이 고개를 저었다.

"그렇게 걱정하지 않아도 돼. 이곳은 감옥이기도 하지만, 세상에서 가장 안전한 곳이기도 해. 무당산이 무너지지 않는 한 이곳에서 죽는 사람은 없을 거야."

"그게 무슨 말입니까?"

"이곳을 만든 사람은 아무래도 도사 같다는 느낌이 들어."

"대체 무슨 그런 말도 안 되는 소리를……."

"혹시 악 각주는 못 느꼈어?"

"뭘 말입니까?"

"바위가 굴러올 때나 천장이 무너질 때 말이야. 묘하게 우리의 속도에 맞춰서 떨어졌다는 걸……."

"네? 그게 말이 됩니까?"

"이따가 함정이 나오면 악 각주가 시험해 봐. 내 말이 맞을 거야."

"왜 제게 그런 걸 시킵니까?"

"시킨 건 아니야. 궁금하면 해 보라고 하는 거지."

말을 마친 한빈은 조금 더 속도를 냈다.


얼마나 갔을까.

바람을 가르며 달리던 한빈이 멈췄다.

바로 통로 중간에서 말이다.

뒤따라오던 악필승과 수운이 깜짝 놀라 멈췄다.

악필승이 조심스럽게 물었다.

"혹시 앞에 함정이 있습니까?"

"그건 아닌데, 소리가 들려서."

"무슨 소리요?"

"설화가 수다 떠는 소리?"

고개를 갸웃한 한빈이 손을 휘휘 저었다.

뒤쪽으로 물러나라는 뜻이었다.

악필승은 재빨리 뒤쪽으로 물러났다.

한빈은 조용히 검을 들었다.

순간 용린의 기운이 한빈의 몸에 휘돌았다.

다른 이들이 보기에는 선기에 가까운 청아한 기운이었다.

뒤쪽에서 보던 수운과 현담이 눈을 크게 떴다.

놀람도 잠시, 한빈을 중심으로 기파가 퍼졌다.

쿠아앙!

귀청을 울리는 소리는 마치 벽력탄이 터진 것만 같았다.

먼지가 서서히 걷혔다.

순간 악필승이 눈을 크게 떴다.

한빈의 앞에는 커다란 구멍이 나 있었다.

한빈은 그곳을 향해서 손가락을 튕겼다.

딱!

구멍이 나 있는 곳에는 아직도 먼지가 가라앉지 않았다.

자욱한 안개 사이로 백색의 신형이 툭 하고 튀어나왔다.

순간 뒤쪽에 있던 악필승이 검집을 고쳐 잡았다.

백색의 신형이 한빈의 앞에 다다랐을 때 악필승은 검을 뽑았다.

스릉.

그 소리에 반가운 목소리가 튀어나왔다.

"아저씨, 다행히 무사하셨네요."

"자, 잠시만, 너는……."

"에이, 헤어진 지 얼마나 됐다고 못 알아보세요?"

백색의 신형은 다름 아닌 설화였다.

"진짜 설화가 확실하지?"

"네, 맞아요."

"다른 사람들은?"

"모두 같이 만났어요."

"다행이구나. 우리는 진짜 죽을 뻔했단다, 설화야. 아 참, 여기 계신 분은 수운 도인의……."

악필승은 설화에게 수운의 사부 현담을 소개했다.

그런데 설화는 그다지 놀라지 않아 보였다.

마치 그럴 줄 알았다는 표정의 설화.

그때 한빈이 낮은 목소리로 말했다.

"인사는 그만하고 마지막 보물찾기를 끝내야 할 것 같아, 악 각주."

"네? 마지막이라고요?"

악필승의 눈빛이 살짝 떨렸다.

보물찾기라는 단어 때문에 혹했지만, 이곳에는 모든 길에 죽음의 함정이 놓여 있었다.

악필승이 놀라고 있을 때, 한빈이 만들어 놓은 구멍에서 다른 이들이 걸어 나왔다.

두 번째 동굴과 세 번째 동굴로 들어갔던 이들이 한곳에 모여 있었다.

놀라운 것은 그들 중 몇몇이 무당파의 도인들을 각각 업고 있다는 것이었다.

그들의 행색은 한빈이 구한 현담보다도 더 초췌했다.

물론 이 차이점은 한빈이 현담에게만 기사회생을 썼기 때문이다.

한빈은 그들을 살펴봤다.

숨넘어가기 전의 현담과 다를 바가 없었다.

쌔근쌔근 숨을 쉬는 것이, 아기의 호흡만큼이나 미약했다.

한빈은 그들을 자리에 눕히고 일단 상태부터 살폈다.

그러고는 재빨리 손을 썼다.

남아 있는 기사회생의 효용을 그들에게 쓴 것이다.

그리고 천수장의 극양지기를 품은 무말랭이를 그들에게 전했다.

그 무말랭이를 받은 도인들은 처음에는 의심했다.

혹시라도 독약이 아닐까 하는 눈빛이었다.

가장 먼저 무말랭이를 먹은 것은 현담이었다.

무말랭이를 입에 넣은 현담의 눈이 커졌다.

"이, 이건 혹시 백년하수오가 아니오?"

"백년하수오는 아니지만, 나름대로 유명한 영약에 속하지요."

한빈과 현담의 대화에 깨어난 도인들이 너도나도 극양지기를 품은 천수장의 무말랭이를 먹었다.

무당의 도인들이 동시에 무말랭이를 씹는 모습은 묘해 보였다.

하지만 지금 그들에게 체면 따위는 필요 없었다.

한빈은 조용히 앞장섰다.

한빈의 머릿속에는 이미 이곳 미로의 해답이 나와 있었다.

파박.

한빈이 속도를 높이자 뒤따르던 진미랑이 다급하게 외쳤다.

"팽 공자님! 이곳은 함정 천지예요. 갑자기 그렇게 가시면 화경의 고수라도 버티지 못해요. 제발 속도를 줄이세요."

"괜찮습니다, 진 소저."

"우리가 안 괜찮거든요. 우리도 여기까지 오면서 고비를 많이 넘겼어요. 방금도 죽을 뻔했단 말이에요!"

"그럼 운이 좋았단 얘기인데, 왜 그리 정색을 하시는 겁니까?"

"우, 운이 좋은 게 아니라…… 운이 나쁜 거죠. 제게는 분명히 이런 일이라고 말 안 했어요. 그냥 길만 인도하면 된다고 했는데……. 그리고 이 임무를 마치면 기연을 얻을 거라고 본단에서 말했단 말이에요."

진미랑이 연달아 한숨을 내쉬었다.

한빈은 진미랑의 표정을 유심히 살폈다.

자신의 오라비까지 데려오다니, 하오문에 대한 충성심이

대단하다고 생각했다.

그런데 지금의 상황을 보니 백미랑이 감언이설로 그녀를 끌어들인 게 분명했다.

한빈이 사람 좋은 얼굴로 말을 이었다.

"물론 기연은 약속드리지요. 저를 만나고 기연을 얻지 않은 이는 없습니다. 여기 계신 악 각주도 저를 만나고 평범한 무사에서 조향각주가 되었지요. 안 그런가요, 악 각주?"

시선을 받은 악필승이 고개를 끄덕였다.

한빈을 만나지 않았다면 자신이 요리에 열망이 있다는 것을 몰랐을 수도 있었다.

그런데 처음의 만남은 인연이 아니라 악연.

악필승은 자신도 모르게 이마를 만졌다.

그 모습에 진미랑이 물었다.

"악 각주께는 머리와 관련된 기연을 얻으셨나 보네요?"

"아닙니다. 저는 주군에게 살아남는 법을 배웠습니다."

이건 악필승의 진심이었다.

구걸십팔보를 비롯한 이제까지의 모든 기연을 돌이켜 보면, 배운 것은 강호에서의 생존법이었다.

그 모습에 진미랑은 만족한 듯 눈을 빛냈다.

그러고는 한빈을 향해서 외쳤다.

"팽 공자님, 충성을 다할게요! 뭐든 맡겨만 주세요!"

진심이 담겨 있는 진미랑의 외침.

그녀가 이곳에 온 것은 다름 아닌 하오문 내부에서 돌아다니는 소문 때문이었다.

다른 하오문의 지부장들과는 달리, 진미랑은 광동진가를 책임져야 하는 위치였다.

무가라고 하면 선행되어야 할 것이 가문의 대표 무공.

광동진가는 겉보기에는 허울 좋아 보이지만, 실상 안을 들여다보면 빈 껍데기였다.

세가의 이권을 유지하는 것도 모두 진미랑의 화술 덕분이었다.

왜냐하면 가문의 대표 무공이 실전되었기 때문이었다.

그 무공의 이름은 진가파천권(陳家破天拳).

일장에 하늘을 무너뜨릴 수 있다는 진가 최고의 권장법.

한마디로 앞에 있는 모든 적을 쓸어버릴 수 있다는 무공이었다.

하지만 그 무공의 후반부가 사라졌다.

전반부에 있는 형태만 남아 있을 뿐, 후반부에 들어 있는 진기 운용이 빠진 상태.

강호인들은 진가의 권장법이 아직도 건재한 줄 알다.

물론 이는 진미랑이 보인 정치적인 술수 때문이었다.

이가 빠진 호랑이라도 그 이를 보여 주기 전까지는 상대가 알 수 없는 법 아니겠는가?

사람들은 광동진가에서 권장법을 안 쓰는 이유가 최후의

한 수를 숨겨 놓기 위함이라고만 생각했다.

　진미랑이 원하는 기연이란 바로, 진가파천권의 후반부를 찾는 단서를 얻는 것이었다.

　진미랑이 눈을 빛내자, 뒤쪽에 있던 진두개가 어깨를 가늘게 떨었다.

　그 모습은 마침 한빈의 눈에 띄었다.

　"진 소협, 잠깐 이리 나오시죠."

　"네? 저를 왜……."

　"진 소협의 코가 필요합니다. 저랑 앞에서 달리다가 음식이나 물 냄새가 나면 바로 가르쳐 주면 됩니다."

　"흠……."

　"여기까지 온 것도 진 소협의 공이 큰 것으로 압니다. 여기서 빠져나간다면 그것은 모두 진 소협의 공입니다. 그때는 진 소협이 강호의 영웅이 되는 겁니다."

　"여, 영웅이라고요?"

　진두개가 다시 눈을 크게 떴다.

　한빈은 진두개와 진미랑을 번갈아 바라봤다.

　오라비는 영웅이란 단어에 집착하고, 동생은 가문을 일으키기 위한 기연에 집착한다.

　물론 한빈은 둘 다 충족시켜 줄 자신이 있었다.

　이곳에서의 일을 잘 마무리한다면 말이다.

두 시진 후.

한빈은 마지막 방에 도착했다.

이곳은 뇌옥의 마지막 방이자 출구가 있는 곳이었다.

마지막 방에 도착한 한빈은 정좌하고 있는 한 노인을 발견했다.

그는 다른 이들에 비해 깔끔한 복장을 하고 있었다.

그를 본 무당의 도인들이 외쳤다.

"장문인!"

"이게……!"

그들은 자신의 상태도 잊은 채 그를 향해 달려들었다.

그때였다.

한빈이 오른손을 들어 그들을 제지했다.

"다들 기다리십시오."

"왜 그러는가?"

현담이 미간을 좁히자 한빈이 차분한 어투로 말했다.

"확인해야 할 것이 있습니다."

"장문인이 눈앞에 있는데 무엇을 확인한다는 말인가?"

"다들 잊으셨습니까? 조그만 방 하나에도 수십 개의 함정이 도사리고 있었습니다. 무턱대고 가다가는 저희뿐 아니라 태극검제께서도 위험합니다."

"미, 미안하네."

"괜찮습니다. 모두 뒤로 물러나 주시기 바랍니다."

한빈이 손짓하자 모두가 뒤로 한 발 물러섰다.

동시에 한빈은 수운에게 쪽지 하나를 날렸다.

백발백중으로 쏘아 낸 은밀한 수법이었다.

쪽지를 받은 수운의 눈이 커졌다.

수운은 앉아 있는 태극검제와, 그에게 다가가는 한빈을 번갈아 확인했다.

수운이 마른침을 삼키고 있을 때, 태극검제에게 다가간 한빈이 조용히 포권했다.

"그간 별고 없으셨습니까?"

"이제야 왔군."

"네, 제가 늦었습니다."

"왜 이제야 왔나? 내 기다리고 있었거늘."

"죄송합니다, 어르신."

"정파의 근본을 세우기 위해서라도 자네의 목이 필요하거늘……."

태극검제는 말을 마치기도 전에 오른손을 뻗었다.

일장의 기파가 사방에 퍼지자 일부 사람들은 본능적으로 뒤로 물러났다.

팡!

일장이 적중되는 소리가 울렸다.

기파가 만들어 낸 먼지의 소용돌이.

소용돌이가 살짝 가라앉자, 양팔을 교차시켜 태극검제의 일장을 막아 낸 한빈이 모습을 드러냈다.

한빈이 조용히 입술을 뗐다.

태극검제도 뭐라 답한다.

하지만 무당의 도인들은 그것을 들을 수 없었다.

기막을 펼쳤기 때문이었다.

기막의 안쪽에서는 상상도 할 수 없는 대화가 오가고 있었다.

태극검제가 말했다.

"날 용케 알아봤군."

"냄새가 나니까."

"냄새라……. 늑대 같은 후각을 지녔다는 소문이 사실이었어."

"태극검제 어르신은 어디에 있나?"

"자네가 못 찾은 것을 내가 어떻게 찾겠나? 자네의 정체는 대체 무엇인가? 적룡대협? 청운사신? 그것도 아니면 그냥 하북팽가의 사 공자?"

"용케도 알아냈군, 백."

한빈은 상대를 보며 눈을 가늘게 떴다.

얼굴은 태극검제지만 눈빛은 백경의 백이 맞았다.

사실 이것이 미끼라는 것을 알고는 있었지만, 백이 직접 등장할 줄은 몰랐다.

한빈은 후각에 집중했다.

역시 한빈의 예상이 맞았다.

백의 냄새 속에는 태극검제의 체취가 느껴졌다.

백이 직접 등장할 줄은 몰랐지만, 지금의 상황은 한빈의
계획에 있었다.

적을 물리치고 냄새를 따라간다.

이것이 마지막 보물을 찾는 방법이었다.

문제는 적이 조금 강하다는 것.

한빈의 표정을 본 백이 입꼬리를 올렸다.

"이제 각자의 가면을 벗어 던질 때군."

"자네는 아직 가면을 쓰고 있지 않나?"

한빈이 그의 인피면구를 가리켰다.

하오문도 못 만드는 정교한 인피면구를 쓰고 있었다.

거기에 근골을 축소했는지 태극검제와 똑같은 체격으로
몸을 바꾸기까지 했다.

그야말로 완벽한 변장.

백이 입꼬리를 올렸다.

"내가 가면을 쓴 건 다 이유가 있어서지."

말을 마친 백이 기막을 풀고 외쳤다.

"제자들은 들어라! 모두 힘을 합해 이 무림 공적을 포위하
라!"

태극검제로 변장한 백이 외치자 제자들은 움찔했다.

그들은 아픈 몸을 이끌고 천천히 앞으로 걸어갔다.

그때 수운이 그들의 앞을 막아섰다.

"사숙 어르신들, 제발 진정하십시오. 우리를 구한 게 누굽니까? 그런데 태극검제로 변장한 저자의 말에 홀딱 넘어간다고요? 언제부터 은공에게 해를 입히는 것이 우리 무당의 도리로 변했단 말입니까!"

수운은 입에 물레방아를 달아 놓은 듯 그들에게 외쳤다.

수운의 강경한 외침에 그들은 걸음을 멈췄다.

수운의 마음은 진심이었다.

방금 한빈이 전한 쪽지에는 지금과 같은 상황이 적혀 있었다.

그때 수운의 사숙 중 하나가 앞으로 나왔다.

"저분이 쓰는 것은 태극혜검이네. 태극혜검을 구사할 수 있는 자가 우리 무당파에 있던가? 하물며 외부의 간자가 태극혜검을 저리 구사한다는 말인가?"

사숙이 한빈과 싸우는 백을 가리켰다.

백은 실제로 태극혜검을 구사하고 있었다.

그때 수운이 외쳤다.

"그 기운까지 무당의 것입니까?"

"기운이라고……?"

사숙이 말끝을 흐리며 한빈과 백의 대결 장면을 바라봤다.

이내 그들은 서로를 바라봤다.

이유는 간단했다.

수운의 말을 듣고 그들에게서 느껴지는 기운을 감지하려고 노력해 봤다.

피부를 찌를 듯한 그들의 기세는 분명히 누구보다 강렬했다.

문제는 그 강렬한 기운 탓에 그 속에서 무공의 근본을 가늠하기란 쉽지 않았다는 점.

서로를 바라보며 의문을 표하는 그들.

그때 수운이 외쳤다.

"제 말은 진짜 태극검제가 아닐 수도 있다는 겁니다!"

이번에는 수운의 사부인 현담이 직접 나섰다.

"그게 무슨 말이냐? 저 태극혜검의 형은 따라 할 수 있는 것이 아니다."

"태극검제께서 펼치시는 태극혜검을 자세히 보신 분이 계십니까?"

수운이 지지 않겠다는 듯 현담을 바라봤다.

현담이 고개를 갸웃했다.

수운의 질문에 답할 수 없었기 때문이다.

태극검제가 펼치는 태극혜검을 그는 본 적이 없었다.

형을 아는 것과 펼칠 수 있는 것과의 차이는 명확하다.

무공이란 형과 내기의 결합.

정확한 동작에 진기의 운영이 결합되어야 한다.

태극혜검을 펼칠 수 있는 사람은 무당파에서 소수.

태극혜검의 형(形)을 아는 사람은 대부분이었다.

수운과 현담의 대화는 잠시 소강상태에 빠졌다.

사숙들은 눈만 끔뻑이고 있었다.

그때 수운이 말했다.

"죽어 가는 사숙들을 구해 준 것이 누구입니까? 그런데 아직 회복되지 않은 몸으로 은공을 해하겠다고요? 우리가 끼어들지 않아도 은공이 죽게 된다면 사부님과 사숙들 책임입니다."

"그게 무슨 말이더냐?"

현담이 나서자 수운이 다시 말을 이었다.

"얼마 전 팽 소협이 사부님께 쓴 수법이 뭔지 아십니까?"

"수법이라니……."

현담이 잠시 기억을 떠올리고는 눈을 크게 떴다.

삼도천을 눈앞에 뒀을 때 누군가 손을 뻗어 왔던 기억이 되살아났다.

그것은 분명히 자신을 희생해서 중생을 살리는 관음보살의 손길이었다.

그때 수운이 다시 말을 이었다.

"그것은 팽 소협의 선천진기였습니다. 선천진기를 끌어내서 사부님과 사숙님들을 치료한 것입니다. 그런데 저 승부에서 어찌 살아남겠습니까?"

"대체……."

현담은 말을 잇지 못했다.

마치 망치로 뒤통수를 맞은 것처럼 멍한 눈으로 젊은 공자를 바라봤다.

실제로 그들의 싸움은 일방적이었다.

선천진기를 나눠 줘서 그런지, 아니면 애초에 힘이 차이 나는 것인지는 몰라도 젊은 공자가 일방적으로 밀리고 있었다.

현담은 자신도 모르게 주먹을 불끈 쥐었다.

그때였다.

수운이 다시 말을 이었다.

"팽 소협이 아까 쪽지를 보내왔습니다. 어떤 내용인지 아십니까?"

"……."

"자신이 위험하면 최대한 이곳에서 도망치라고 하더군요. 자신이 이 승부에서 패하면 모두가 위험하다고 말입니다. 거기에 이렇게 덧붙였습니다. 필요 없는 희생을 절대 삼가라고 말입니다."

수운의 말에 현담은 조용히 젊은 공자와 태극검제의 대결을 바라봤다.

자세히 보니 태극검제의 모습이 그저 껍데기로 보일 뿐이었다.

수운의 몇 마디에 현담은 상황을 객관적으로 보게 되었다.

현담은 더는 입을 열지 않았다. 대신 조용히 합장했다.

그 모습에 사숙들이 수군거렸다.

"대체 지금 무엇을 하는 것이오?"

"갑자기 여기서 합장을 왜……."

그들의 수군거림에 현담이 말을 이었다.

"저 젊은 공자의 손길은 분명히 관음보살의 손길이었소. 그리고 평소 장문인의 성격 같으면 몸도 가눌 수 없는 우리에게 공격을 지시하겠소?"

"……."

그들 중 대답하는 이는 아무도 없었다.

지금 그들은 날아가는 참새 한 마리 잡기 어려운 상태였다.

하물며, 저 검격의 소용돌이 속에서 몸이 버텨 나겠는가?

그들도 조용히 두 손을 모았다.

조용해진 그들의 모습에 수운은 소매로 이마의 땀을 닦아내며 조금 전의 쪽지를 떠올렸다.

어떤 방법을 쓰더라도 무의미한 희생을 막으라는 내용이었다.

거기에 더해 지금의 상황이 적혀 있었다.

붓을 놀릴 시간이 없었던 것으로 봐서 미리 적어 놓은 것이 분명했다.

즉 하북팽가의 사 공자가 지금의 상황을 예측하고 있었다는 것이다.

수운도 조용히 합장했다.

그들의 대결에 자신이 끼어들 틈이 없다는 것은 알고 있었다.

옆을 보니 청화 그리고 다른 이들도 조용히 둘의 대결을 지켜보고 있었다.

그런데 설화라 불린 아이는 어디 있을까?

합장한 수운은 조용히 고개를 갸웃했다.

모두가 지켜보는 가운데, 한빈은 복잡한 표정을 하고 있었다.

태극검제의 체취가 분명하긴 한데 그것은 벽의 뒤쪽으로 이어져 있었다.

거기에 더해 그 길이 후각으로는 판단하지 못할 만큼 복잡하게 얽혀 있었다.

하지만 한빈은 희미한 미소를 지었다.

그것은 바로 백의 몸 곳곳에서 피어난 천급 구결의 흔적 때문이었다.

한빈은 조용히 이제까지 모았던 남은 구결을 확인했다.

[천급 - 원(源), 본(本), 진(盡), 감(甘), 고(苦), 색(塞)]
[알 수 없는 구결 : 오(五)]

그때였다.

갑자기 귓전을 울리는 파공성이 들려왔다.

팡!

백이 좌수를 뻗은 것이다.

검격의 중간에 권장법을 섞는 방법은 마치 자신의 용린검
법 초식 중 부창부수와 비슷했다.

한빈은 조용히 부창부수를 떠올렸다.

눈에는 눈.

이에는 이.

이제까지 한빈이 적을 대하던 방식 그대로였다.

그러고는 한빈은 다시 얼마 전 얻었던 소림의 초식을 바로
떠올렸다.

'무영칠성권.'

주먹에는 주먹이었다.

귓불을 스쳐 지나간 백의 공격.

한빈은 바로 그의 가슴을 향해 무영칠성권을 날렸다.

파바박.

한빈의 권격이 북두칠성의 모양을 허공에 남긴다.

한 번의 공격이지만, 마치 일곱 번의 권이 허공을 수놓는
것 같은 착시 현상이 일어난다.

하지만 상대는 백경의 선주인 백이었다.

남들 같으면 한 수에 나가떨어지겠지만, 백은 뒤쪽으로 펄

쩍 뛰며 한빈의 권격을 피했다.

백은 얄미울 정도로 전략에 뛰어났다.

상대를 지치게 만들어서 손도 안 대고 승리를 거머쥘 속셈인 것 같았다.

한빈은 그가 무당파의 무인을 살려 둔 이유를 알고 있었다.

이곳을 탈출하다가 그들을 죽이면 한빈은 무당과 영원한 적이 된다.

만약에 그들을 살리기 위해서 공력을 쓴다면?

그것도 나름대로 백에게는 이익이었다.

하지만 백이 모르는 것이 있었다.

한빈은 얼마 전 얻은 천급 초식 대기만성을 통해서 기사회생으로 쓴 십오 년의 공력을 모두 회복했다.

덕분에 심화편에 있는 공(功)의 구결을 한계까지 꽉 채운 상태.

한빈은 조용히 상대를 바라봤다.

옥을 깎아 놓은 듯한 얼굴에, 얼핏 봐서는 맑은 눈빛을 가지고 있었다.

물론 인피면구 속의 외모였다.

인피면구 속의 외모만 보면 누구라도 속아 넘어갈 수밖에 없었다.

물론 한빈은 그가 속에 능구렁이 열두 마리 정도는 숨기고 있다는 것을 알고 있었다.

능구렁이 열두 마리라!

한빈은 미소 지었다.

자신은 능구렁이가 아닌 용을 숨기고 있으니까.

한빈이 무영칠성권을 펼친 것도 승부를 위해서는 아니었다.

말하자면 간을 보기 위한 것.

이 승부의 관건은 백이 두르고 있는 호신강기였다.

백은 자신의 주변에 호신강기를 펼치고 있었다.

힘으로 호신강기를 못 뚫는 것은 아니지만, 백은 호신강기를 이용해서 기감을 증폭시키고 있었다.

말하자면 호신강기에 날아오는 적의 공격을 모두 계산해서 행동하고 있다는 것이다.

호신강기로 공격과 방어를 반 박자 빠르게 가져갈 수 있다는 것.

어떤 무인도 호신강기를 저런 식으로 사용하지는 못한다.

호신강기는 일시적으로 펼치는 것이지, 계속해서 펼칠 수 있는 수법이 아니었다.

백처럼 계속해서 펼칠 수 있는 무인은 중원에서 존재하지 않으니까.

어떤 공격이 들어가도 반 박자 빨리 감지할 수 있는 백은 마치 미꾸라지 같았다.

문제는 그 미꾸라지가 상어의 이빨을 가지고 있다는 점.

한빈은 상대를 바라보며 계산에 들어갔다.

백도 마찬가지였다.

이제까지 중원인들에게서는 볼 수 없는 무공을 펼치고 있는 한빈의 존재는 그를 더욱 조심스럽게 만들었다.

백도 간격을 벌린 채 한빈을 관찰했다.

둘은 잠시 서로를 노려봤다.

먼저 입을 연 것은 한빈이었다.

"무당의 무인들은 여기에 왜 가둬 놓은 거지?"

"거미가 왜 거미줄을 치는 줄 아나?"

"……."

"일하기 싫어서야. 거미줄을 쳐 놓으면 그냥 먹잇감이 날아들거든. 무당만큼 좋은 길목은 없고 말일세."

"그럼 여기에 모여든 영웅들이 모두 자네의 먹잇감이란 말인가?"

"아니!"

"아니라고?"

"이번만큼은 가장 큰 먹잇감 하나면 족하네. 바로 자네지."

"나 하나로 만족하겠다니, 고맙네."

"고마울 거까지야……. 자네가 남겨 놓은 갑판의 그을음을 보면서 이때만을 기다렸지."

"그랬군."

한빈이 피식 웃었다.

반 정도는 헛웃음이 섞여 있었다.

백의 표정을 보니 그는 진심을 말하고 있었다.

거창하게 무림 정복 같은 이유를 말할 줄 알았는데, 알고 보니 지난번 백경에서의 만남 때문에 이 일을 꾸몄다니.

하지만 놀라지는 않았다.

지금의 일은 전생과 비교하면 조금 빨라졌을 뿐이라는 것을 한빈은 알고 있었다.

전생의 기억에 따르면 정파의 무림삼존은 정마대전이 일어나고 세상을 떠난다.

재미있는 것은 그들의 죽음이 원인 불명이라는 점.

그때는 몰랐지만, 지금 생각해 보면 정체불명의 집단인 백경 때문임이 분명했다.

그중에서도 백의 세력.

한빈이 웃자 백도 마주 웃었다.

"내가 못 찾을 줄 알았나?"

"차라리 찾아오질 그랬나?"

"내가 찾아갔으면 도망쳤을 테지. 안 그런가?"

"날 너무 잘 아는군."

"내가 모르는 게 딱 한 가지 있지."

"그게 뭐지?"

"어떻게 그런 힘을 얻었느냐 하는 점이지. 하북 최고의 겁쟁이라 불리던 자네가 갑자기 의술이며 검술이며 제갈공명 뺨치는 병법까지 모두 섭렵했다는 것은 믿을 수 없는 일이야."

백이 눈을 가늘게 떴다.

그 눈빛은 마치 뱀이 먹잇감을 바라보는 것과 같았다.

"마치 날 원한다는 눈빛인데……."

"맞아. 난 자넬 원해. 그리고 자넬 원하는 사람이 또 하나 더 있지."

"그게 누구지? 날 원하는 사람이라니 궁금하군."

"나중에 만나 보면 알 거야. 난 자네를 사로잡아 그 비밀을 캐낼 생각이네."

"비밀이라?"

"자네가 신선만큼 강해질 수 있었던 비밀 말이네."

"참 재미있어. 나도 마찬가지야. 너를 사로잡아서 네 무공의 비밀을 알아내고 싶거든."

"서로의 의견이 일치하니 시간 낭비할 필요가 있겠나? 어서 들어오게!"

백이 손짓하자 한빈이 고개를 저었다.

"원래 바둑에서는 고수가 백을 잡는 법이지. 그러니 자네가 들어오게. 비록 이름은 백이지만, 실력은 흑이 아닌가?"

"감히……."

백의 눈빛이 떨렸다.

그 반응에 한빈이 다시 말을 이었다.

"혹시 이름에 사연이라도 있는 겐가? 어서 흑돌을 잡게, 백."

"계획을 바꾸지."

"바꾼다고?"

"자네를 사로잡지 않기로 했네."

말을 마친 백이 기세를 피워 냈다.

그 모습에 한빈은 재빨리 용린검법의 초식을 추가적으로 떠올렸다.

사실 한빈이 원한 상황이긴 했다.

상대방의 평정심을 흔드는 것은 싸움의 기본이니까.

하지만 어떤 부분에서 백이 흥분했는지는 한빈도 알 수 없었다.

그때 백이 한빈을 향해서 눈처럼 하얀 검신을 뻗었다.


다음 권으로 이어집니다

# 꿈의 도약, 로크에서 하십시오
# (주)로크미디어에서 신인 작가를 모십니다

즐거운 세상, 로크미디어는 꿈을 사랑하고 도전을 두려워하지 않는 작가 분들의 참신한 작품을 기다리고 있습니다. 21세기 장르 문학계를 이끌어 갈 차세대 선두 주자 (주)로크미디어에서 여러분의 나래를 활짝 펴 보시길 바랍니다.

**모집 분야** 판타지와 무협을 포함한 장르 문학
**모집 대상** 아마추어 작가, 인터넷 작가
**모집 기한** 수시 모집

**작품 접수 시 유의 사항**

1. 파일명은 작가명_작품명.hwp형식을 갖춰 주십시오.
1. 파일에 들어갈 내용은 다음과 같습니다.
    - 성명(필명인 경우 실명을 밝혀 주세요), 연락처, 이메일 주소
    - 제목, 기획 의도
    - A4용지 1장 분량의 등장인물 소개
    - A4용지 2장 분량의 전체 줄거리
    - 본문
1. 작품이 인터넷에 연재되고 있다면, 게시판명과 사이트의 구체적이고 정확한 주소를 기재해 주십시오.

선택된 작품은 정식 계약 후 출판물로 간행되어 전국 서점에 유통됩니다.
작가 분은 (주)로크미디어의 전폭적인 지원하에 전속 작가로 활동하시게 됩니다.
※ 자세한 내용은 로크미디어 홈페이지(rokmedia.com)를 참조하세요.

**(03920)서울시 마포구 마포대로 45 일진빌딩 6층**
**(주)로크미디어 편집부 신간 기획 담당자 앞**
**전화 : 02) 3273 - 5135**
**www.rokmedia.com     이메일 : rokmedia@empas.com**